rororo

Tex Rubinowitz, geboren 1961 in Hannover, lebt seit 1984 als Witzezeichner, Maler, Musiker und Schriftsteller in Wien. Er hört Musik nur aus dem Fenster vorbeifahrender Autos.

Tex Rubinowitz

Die sieben Plurale von Rhabarber

Listen über alles

Mit Illustrationen des Autors

Rowohlt Taschenbuch Verlag

Originalausgabe
Veröffentlicht im Rowohlt Taschenbuch Verlag,
Reinbek bei Hamburg, Dezember 2013

Redaktion Marcus Gärtner
Umschlaggestaltung ZERO Werbeagentur, München
Umschlagillustration und Zeichnungen im Innenteil Tex Rubinowitz
Satz Benton Sans PostScript (InDesign) bei
Pinkuin Satz und Datentechnik, Berlin
Druck und Bindung CPI books GmbH, Leck
Printed in Germany
ISBN 978 3 499 61568 9

Santa Claus is checking his list
Going over it twice
Seeing who is naughty and who is nice
Psychic TV

1. Wenn meine Augen zu sind
2. Kann ich nicht sehen
3. Ob sie wirklich zu sind
4. Und nicht stattdessen auswärts essen

Seufzer des Glücks

Das Leben ist vieles nicht, aber eins ist es mit Sicherheit: ein Abzählreim. Man lässt die Jahre vorbeiziehen, nimmt Maß, unterteilt, vergleicht, bewertet, bringt die Saat aus, erntet, zählt die Erbsen, versucht zu ordnen und damit ein bisschen zu beherrschen, aber immer läuft es auf eine Pointe namens Tod hinaus («Raus bist du»). Unser Dasein ist von vorne bis hinten inkonsequent, diese Pointe scheint die einzige Konsequenz zu sein. Vor dem Finale müssen willkürliche Zusammenhänge hergestellt werden: Was hängt woran wie fest und mit welchem Klebstoff, dass nicht alles gleich aus dem sprichwörtlichen Leim geht? Wir stochern wie irgendwelche metaphysischen Störche im Nebel nach Fröschen in Aspik. Man möchte, bevor der Witz vorbei ist, das unübersichtliche Chaos nicht so einfach hinnehmen, das ja bekanntlich auch gar kein Chaos ist, sondern eine eigene Ordnung mit eigenen Regeln, eine elegante chaotische Ordnung.

Unsere Leben bestehen aus Listen. Nichts geht verloren, alles wird aufgelistet, damit es abgeheftet werden kann, Zähne und Schamhaare am Anfang, fehlende Zähne und fehlende Organe am Ende, Möbelstücke, Autoteile, Einkäufe, Gewinne und Verluste. Und wie wir jeden Tag immer wieder etwas Neues erleben, immer wieder etwas Neues machen, in immer neuen, so nie da gewesenen Konstellationen, nichts im Leben passiert ein zweites Mal, so lässt sich das auch irgendwo einsortieren und bewerten. War das jetzt gut? Oder landet es auf dem neunten Platz? Oder flutscht es sogar gnädigerweise hinter den Heizkörper? Aber das elegante Chaos ist überall, auch unter Hempels Sofa.

Diesen Hund hab ich noch nie gesehen, ist der hübsch? Ich hab grad keine Vergleiche parat. Ist er immer noch hübsch, wenn er sich in mein Bein verbeißt oder auf meinen Teppich erbricht? Die eine Nacht neulich mit Claudia Schiffer, war sie jetzt gut, oder hätte der Kuss unter der eisernen Brücke gereicht? Das zufällig gefundene Schamhaar von ihr, was mache ich damit? Verwende ich es als Souvenir, Trophäe, Lesezeichen, Fetisch oder Zahnseide? Und warum stehen eigentlich auf unserer Einkaufsliste so viele plurallose Artikel? Senf, Milch, Obst, Zink, Zeug, Günther Jauch? Und was macht eigentlich Günther Jauch auf der Liste?

«Die ewigen Top Five meiner unvergesslichsten Trennungen für die einsame Insel in chronologischer Reihenfolge»: Mit dieser Aufstellung beginnt Nick Hornbys «High Fidelity» (1995). Man muss nicht in oder an Listen denken, um von ihnen gelenkt zu werden, um zu erkennen, dass wir nicht nur selbst eine Liste, sondern längst schon Teil einer anderen, viel größeren Liste geworden sind, einer Versuchsanordnung mit Menschen: Wie stehen wir mit wem in welchem Verhältnis? Man kann diese Referenzsysteme ignorieren, aber sie ignorieren *uns* nicht. Solange es Entscheidungen gibt, sogar Enthaltungen, so lange schreibt ein infamer Gott oder meinetwegen der Weihnachtsmann, also derselbe, die Liste.

Rankings, Hitparaden, Wunschzettel, Schnittmengen, Mannschaftsaufstellungen, wer ist hier die eigentliche Lebensform, physische Menschen, die glauben, einen freien Willen zu haben, oder metaphysische Zettelkästen, Strichlisten auf Bierdeckeln, Kerben im Gewehrkolben? Gott gibt die Liste, aber ausfüllen musst du sie selbst, sagt die Bibel (Exodus 21, 23–25). Was sie verschweigt, ist, dass wir selbst schon lange auf einer draufstehen, sogar schon vor unserer Geburt.

Nik Cohn hat in seiner «Pop History» (1969) geschrieben: «So bleibt die Frage, was als Nächstes kommt. Astrologie? Katholizismus? Alkohol? Frösche in Aspik? Die Antwort lautet: all das und nichts davon –

die Mode wechselt vielleicht dreimal im Jahr, und es ist absolut gleichgültig, es ist sowieso alles nur ein Witz. Nur die zugrunde liegende Unruhe bleibt, und die ist real.»

Das Büchlein, das Sie, liebe Leserin, lieber Leser, lieber Hund, liebe Katze, lieber Baum, in Ihren Händen, Händinnen, Pfoten, Tatzen, Ästen halten, will Ihnen ein bisschen durch den Vektorraum dieses willkürlichen Koordinatensystems helfen, in dem wir unser Dasein fristen, im Schatten alles und jeden absorbierender Listen. Kurz so tun, als gäbe es die Ordnung und Sicherheit außerhalb unserer knittrigen, heroischen, belanglosen, fatalistischen, essenziellen Listen, die uns die Angst vor unserer Nutzlosigkeit nimmt und glauben macht, wir könnten unser Leben in irgendeiner Weise gestalten, obwohl wir doch wissen müssten, dass wir letztlich nichts anderes als Rhabarber sind, der unruhig darauf wartet, dass man ihm endlich seinen Plural zuweist, damit er nicht mehr so allein ist. Listen sind Seufzer des Glücks. Oder wie Stephen Fry sagt: «Eine Liste zu erstellen ist für mich, als legte ich in der wilden Müllkippe meines Verstands einen französischen Garten an.»

Rhabarber. Wie man ihn woanders nennt

- Nonnenpeitsche (Niedersachsen)
- Transenporree (Saarland)
- Beamtenspargel (Südtirol)
- Schlierenstange (Böhmen)
- Gewaltverbrecherschnittlauch (Herzogtum Lauenburg)
- Ungarische Zollstockmelone (Siebenbürgen)
- Ackertang (Worpswede)

11 Gründe, ein Kleidungsstück wieder zurück in den Laden zu bringen

1. Zu groß
2. Zu klein
3. Zu hässlich
4. Es ist zu schwer
5. Ich krieg Kopfschmerzen vom Stoff
6. Niemand erkennt mich mehr
7. Mein Hund knurrt mich an
8. Ich wurde in der U-Bahn kontrolliert
9. Es bewegt sich noch
10. Es wird anzüglich
11. Es schmeckt nicht

Die 6 drängendsten Fragen eines Sitzenden

1. Sitze ich wie jemand, der schon einmal gesessen hat?
2. Oder sitze ich wie jemand, der nur so tut, als würde er sitzen?
3. Was ist der Trick?
4. Welche Rolle spielt der Stuhl?
5. Wer sitzt, wenn *ich* nicht sitze?
6. Ich stehe, obwohl ich sitze: Warum liege ich?

Trendgewürz Salz

- Halbfettsalz
- Flusssalz
- Salz aus Salzgurken
- Salzloses Salz
- Bio-Streusalz
- Riechsalz zum Pökeln
- Salzsäure süßsauer
- Geblümtes Salz
- Wolfsbarsch ohne Salzkruste
- Paul Bocuse bekennt: «Kochsalz machte mich zu dem, der ich bin: Kochsalzfan!»

Die milden Kinder

- Gehemmt renitent
- UDHS (Unaufmerksamkeitsdefizitstörung)
- Masern-Intoleranz
- Snickers-Anorexie
- Kraftausdruck-Dyslalie
- Rotzlöffel-Rhinitis
- Zwängler (zwanghaft zwanglos)

Was tun mit all den ausrangierten Nacktscannern?

- Wahlkabinen für Nordkorea
- Magnetresonanztomographie-Röhren für Matrjoschkapuppen
- Werden bei der Apfelernte eingesetzt, um die Früchte zu durchleuchten, ob der Wurm drin ist
- Orgonakkumulatoren für Nacktschnecken

- Dixiklos für Tabulose
- Umkleidekabinen für Nudisten

Anrufe, mit denen man eher nicht rechnet

- Kühlschrank ruft an, man hätte vergessen, das Licht auszumachen
- Füße rufen an, sie wollen nach Hause gehen
- Der Papst ruft an, fragt, was er beim nächsten Ostersegen so sagen soll
- Gras beschwert sich, dass die Verbindung so schlecht sei und ob man es überhaupt noch wachsen hören könne
- Der Gegenpapst ruft an, ob man eine Telefonnummer vom «Papst» hätte
- Anrufbeantworter ruft an, wollte nur kurz sagen: Keine neue Nachrichten

Welche Blumen und Pflanzen zu welchem Anlass

- Pusteblumen: Beerdigung
- Prilblumen: Glückwunsch, du bist dran mit dem Abwasch
- Rosen: Hass
- Knöterich: Gallenblasen-OP
- Kandelaberkaktus: Scheidung
- Schachtelhalme: beim Abi durchgefallen
- Latschen: Beinbruch
- Algen: Entschuldigung
- Disteln: Der Esel hat Geburtstag
- Trockenes Holz: Glückwunsch zum Achtzigsten

Warum Frauen Salat essen

1. Sie glauben, sie sind vom Gesetz dazu verpflichtet
2. Paradoxerweise, um Salat vor dem Aussterben zu bewahren: Wenn er nicht gegessen werden würde, würden manche Salatzüchtungen gar nicht existieren
3. Frauen glauben, durch den Verzehr roher Blätter einen Labmagen zurückzuerlangen, wie ihn die Menschheit angeblich mal hatte
4. Schuldkomplex (wg. Garten Eden: «Wenn wir in einen Lollo rosso gebissen hätten statt in den Apfel, wär uns der ganze Schlamassel erspart geblieben»)
5. Aus Heimweh (der Planet Venus besteht zu 90 % aus Salat)
6. Chlorophyll macht eine schöne Aura
7. Aus Trotz

Die großen Nahrungsmittelskandale

* Melkfett im Brie (Neuilly-sur-Seine, 1975)
* Schollen im Heringssalat (Büsum, 1678)
* Margarine aus Kohle (Mülheim an der Ruhr, 1925, bekannt auch als «Die Fischer-Tropsch-Synthese»)
* Wein im Frostschutzmittel (Österreich, 1985)
* Maden im Speck (Tessin, 2000)
* Hufeisen in der Lasagne (Großbritannien, 2013)
* Schlümpfe in Überraschungseiern (Swasiland, 1991)
* Versalzene Suppe, die nach Seife schmeckt (Silberhochzeit von Martha und Werner Potzek, 1957 im Gasthof zum frommen Lamm, Holzminden)
* Palettenweise abgelaufenes Ambrosia (Hafen von Athen, 750 v. Chr.)

Erst will er mich küssen
Dann will er mir an die Federn
Dann in die Federn
Dann raus aus den Federn
Dann küsst er eine andere

Immer mehr Serviceschalter auf Ämtern, bei der Bahn und in Kaufhäusern

1. Unbegründete Beschwerden
2. Konstruktive Kritik
3. Entschuldigungen
4. Lob
5. Freiwillige Mitarbeit
6. Betriebsspionage
7. Selbstanzeige
8. Selbstgespräche
9. Beichte

Die neue Couragiertheit

* Einen Amokläufer mit Schattenspielen ablenken
* Bei einem bewaffneten Überfall den Gangster bitten, die Waffe doch wieder einzustecken, ihm erklären, dass das hier keine gefährliche Gegend sei
* Einem im Bus laut in sein Handy quatschenden Mitfahrer das Telefon wegnehmen und aufessen (ihn bei einem eventuellen Rückruf bitten, einen mit aufs Klo zu begleiten)
* Im Winter Low-Fat-Meisenknödel aufhängen
* Einer alten Dame über die Straße und beim Testament helfen
* Mit einer Pistole, die quakt, wenn man sie abfeuert, Kim Jong-un einen «Besuch» abstatten
* Mal nicht mit keimenden Kartoffeln in der Unterhose zum Urologen

Wie man nicht in der Armutsfalle landet

1. Bei Rot über die Straße gehen und sich nicht erwischen lassen
2. Von den Zinsen des Geldes leben, das man dem Mörder gegeben hat, damit er einen nicht umbringt

3. Im Bus immer hinten einsteigen, dann während der Fahrt nach vorne gehen, man überholt gewissermaßen den Bus, ist also ein Stück des Weges gar nicht befördert worden, darum bekommt man einen Teil des Fahrpreises wieder zurück
4. Geld einfach nicht ausgeben
5. Wenn man ganz still sitzt, vollkommen regungslos, kann auch nichts passieren

Die 7 Schwestern der Milka-Kuh

1. Die Nesquick-Meise
2. Die Kit-Kat-Maus
3. Die Zimtschnecken-Ziege
4. Die Duplo-Drossel
5. Die Knoppers-Kellerassel
6. Die Überraschungsei-Eule
7. Die Happy-Hippo-Schilddrüse

10 Legenden über Luxemburg

1. Der Osterhase wird dort wie ein Heiliger verehrt
2. Unter dem gesamten Land befinden sich gigantische Won-Ton-Suppenfabriken, die durch ein kompliziertes Pipelinenetz chinesische Restaurants rund um den Erdball versorgen
3. Radrennprofi Fränk Schleck lebt in einem riesigen Zinnbecher und trägt Schuhe, die aus der Haut Hunderter Wespen gefertigt sind
4. Rückwärts geschrieben heißt das Land wie ein mexikanischer Grottenolm (Grubmexul), ein Hinweis darauf, dass Luxemburg einst zu einem aztekischen Riesenreich gehörte

5. Reis wird individuell bemalt, jedes einzelne Korn, von eigens dafür ausgebildeten Pferden
6. Energie wird in Luxemburg aus Speichel gewonnen, der in enormen Zinnbechern gesammelt wird, Spucken gilt als fast so wichtig wie Atmen
7. Die Währung Luxemburgs ist die Kirsche, jeder trägt statt eines Huts ein Nest auf dem Kopf, ab und zu fällt eine Kirsche ins Nest, darum basiert Reichtum in Luxemburg streng auf dem Zufallsprinzip
8. Die Echternacher Springprozession ist eine religiöse Prozession, die jedes Jahr am Dienstag nach Pfingsten im Bezirk Echternach stattfindet. Die Teilnehmer «springen» zu Polkamelodien in Reihen durch die Straßen des ganzen Landes in ein kleines Dorf namens Nospelt, um dort eine der nur an diesem Tag erhältlichen Keramikpfeifen in Vogelform, das *Péckvillchen*, zu bekommen (E Péckvillchen ass eng aus Toun gebake Päif a Form vun engem Villchen), ein kulturelles Erbe aus der Zeit der Azteken
9. Fränk Schleck hat ein Monopol darauf, diese Pfeifchen zu produzieren
10. Man glaubt in Luxemburg, die Seele bestünde aus Zinn und Spucke

6 wirklich nicht geschickte Augenkomplimente

1. Deine Augen, wie ein Bouquet Feuerlilien in der Biotonne
2. Deine Augen, so blau und so tief wie der Indische Ozean und voller Thunfische
3. Deine Augen, wie zwei auf Ventilatoren montierte Puddingschnecken, die mit Mayonnaise gefüllt sind

4. Deine Augen, so unergründlich und geheimnisvoll wie § 20 Absatz 17 der EU-Richtlinie zum Körperschaftssteuergesetz
5. Deine Augen, wie die Schatten der zwei Bürgermeister in deinem inneren Rathaus
6. Deine Augen, wie meine Augen, leider nur deine

Womit man was rausbekommt

Rotweinflecken: Schmalz

Brandflecken: Flammenwerfer

Lippenstift am Kragen: Hemd mit Lippenstiften waschen

Gardinengilb: Salatschleuder

Haar in der Suppe: Hairstylist

Akne: Backpfeifen

Stottern: Schweigekloster

Wie Traumata beim jungen Mann entstehen

* Er muss die abgelegten Unterhosen seines Vaters auftragen
* Er muss die fleischfarbenen Büstenhalter seiner Mutter auftragen
* Er muss die abrasierten Bartstoppeln seines Vaters auftragen
* Mutter nimmt ihn mit zur Mammographie, während sie ihn stillt
* Vater nimmt ihn mit zur Wachsenthaarung in der Bikinizone
* Schwester erklärt ihm, dass sie seine Mutter und sein Vater ein Schuhschnabel sei

Warum sich Gastgeber, wenn sie in ihrer Wohnung Gäste empfangen, Straßenschuhe anziehen

1. Mit den Gästen gelangt eine Kälte in die Stube, die einem die Füße frösteln lässt
2. Ihre Wohnung ist den Gastgebern peinlich, und wenn sie Schuhe anhaben, fühlen sie sich den Gästen zugehörig
3. Socken sind die Unterwäsche der Füße; man empfängt die Gäste ja auch nicht in der ausgeleierten Unterhose oder im BH
4. Aus Solidarität mit dem einen Gast, der in einen Hundehaufen getreten ist: Man will ja nicht der Einzige sein, der *nicht* für den unangenehmen Geruch verantwortlich sein könnte

Das Gänseblümchenorakel (geht nur mit dreizehnblättrigen Gänseblümchen, vorher abzählen)

1. Er liebt mich
2. Er liebt mich nicht
3. Er liebt nur sich
4. Aber er liebt auch Gänseblümchen
5. Und das Spiel
6. In dem ich vorkomme
7. Also bin ich ihm so egal nicht
8. In jedem zweiten Blatt
9. Ist auch er
10. Und mit jedem Blatt
11. Komme ich ihm näher
12. Und am Ende
13. Liebt er mich

Wer zieht?
– Vögel in den Süden
– Tee 3 Minuten
– Stripperin sich aus
– Eine Oper sich in die Länge
Ok – ich drücke
Drücken
Ziehen

Was sich Psychiater während der Therapiesitzung so für Notizen machen

- Hoffnungsloser Fall
- O Gott, das ist ja schrecklich, kann gar nicht zuhören
- Das hat er mir doch letzte Woche schon erzählt
- Perverse Sau
- Phantast
- In solchen Momenten könnte man zum Mörder werden
- Spinnt die jetzt komplett?
- Wer soll da noch durchsteigen?
- Herrje, reiß dich doch einfach mal zusammen
- Der Typ hat offenbar einen an der Waffel
- Heulsuse
- Entwürdigendes Schauspiel
- *Die* Probleme möchte ich mal haben
- Das Leben ist kurz, und der Tod ist ewig, mein Freund
- Das muss ich Mutter erzählen
- Ach nein, Mutter ist ja tot
- Brot, Butter, Milch, Eier, Spülm., Klopap.
- Ich werde ihm ein Antischuppenshampoo empfehlen

9 Erfindungen, die es nicht leicht haben auf dem Patentamt

1. Selbstklebendes Klopapier
2. Waschstraßen für Büffel
3. Flüssigstaub zum Einfrieren
4. Einweg-Perpetuum-mobile
5. Zuckerzange für Salzwürfel
6. Cord-Ziesel, der blökt, wenn man ihn drückt
7. Frottee aus der Tube

8. Bumspuppe aus Tofuwürstchen
9. Hochleistungs-Firlefanz aus Detmold

Lahme Evolution

* Urknall – zu leise
* Ursuppe – lauwarm und zu wenig Kerbel
* Urzeitkrebse – ein Gimmick für Grundschüler
* Urmenschen – zu kultiviert
* Urschrei – heiser
* Urinstinkt – stark verzögert
* Urchristen – Bettnässer
* Urlaub – zu kurz
* Uraufführung – abgesagt
* Urgroßmutter – ändert dauernd ihr Testament
* Urviech – eigentlich ganz nett

Was die Kinder aus berühmten Horrorfilmen heute machen

- Der Junge aus *Shining*: nichts Besonderes
- Damien aus *Das Omen*: schrieb für die deutsche Countryband Truck Stop den Song «Take it easy, altes Haus» (Platz 2 bei der deutschen Vorentscheidung zum Grand Prix d'Eurovision 1979), verkauft jetzt Kirschkernkissen
- Rosemarys Baby: macht gerade eine Umschulung
- Carrie: Hausfrau, 2 Kinder
- Das Mädchen aus *Der Exorzist*: Bummelstudentin
- Das doppelte Lottchen: lebt in einem Vorort von München

Warum die Dinos ausgestorben sind

- Konnten keinen Spaß verstehen
- Ließen sich gehen, achteten nicht mehr auf sich
- Waren Modernisierungsverweigerer
- Verloren ihre Lebensgrundlage und sahen sich nach dem Fall der Berliner Mauer aller Illusionen beraubt
- Waren einfach mit ihrem Latein am Ende

Die Erde wäre ein besserer Ort, wenn die Natur etwas höflicher wäre und

- Sich Bakterien die Hände wüschen
- Sich Spinnen die Hand vor den Mund hielten, wenn sie gähnen
- Schimmel vorher fragen würde, ob er sich auf dem Joghurt breitmachen darf
- Erdbeben sich an die Hausordnung hielten (kein Lärm nach 22 Uhr)
- Pferde sich hin und wieder mal die Zähne putzten
- Seifenblasen nicht immer platzen würden
- Der Hulk nicht immer gleich so aufbrausend wäre

Die gutsortierte Tankstelle

- Normal
- Super
- Bleifrei
- Fettarm
- Reduziert
- Gesättigt
- Passiert
- Gekippt

- Light
- Low-Carb
- To go
- Glutenfrei
- Mit Mandelsplittern

Partytalk der Spatzen

* Ich kann Latein tschilpen – auf Esperanto
* 4 Meter 92 – zu groß für einen Spatzen, zu klein, um die Welt zu retten
* Fliegen ist ein Balanceakt
* Wenn ich eine Sumatra-Barbe wäre, wär die Taube auf dem Dach ein Mistkerl
* Du wollen Wahnsinn? Du kriegen Wahnsinn!

Was von den berühmten Tieren geblieben ist

* Pawlows Hund: Handyklingeltöne
* Laika: der eine Baum da gleich links hinterm Mond
* Graugänse: «Konrad Lorenz' feine Gänsestopfleber»
* Orka Willy (aus *Free Willy – Ruf der Freiheit*): Lebertran
* Klonschaf Dolly: Musical *Hello Klonschaf Dolly*
* Bruno der Problembär: Problemstoffsammelstellen in jeder zweiten Gemeinde
* Eisbär Knut: Knut war 2008 der unbeliebteste Name bei neugeborenen Pandas
* Flipper: Quietscheentchen in Form eines Badewannen-Thermometerdelfins
* Lassie: jede zweite Notrufsäule an den Autobahnen

Die abstrusesten Ernährungstipps des letzten Jahres

* Schwarzwälder Kirschtorte ist blutreinigend (Brigitte Diät)
* Esspapier erhöht den IQ (SPIEGEL online, Wissenschaft)
* Nägelknabbern macht einen schlanken Fuß (Die Zeit)
* Sich «einen in die Birne zwiebeln» macht betrunken (Intro)
* Essbare Unterwäsche – die kleine Mahlzeit für zwischendurch (Mannheimer Morgen)
* Erdnusskuchen mit Blumenkohl schmeckt nicht (Bussi Bär)
* Eine Magensonde ist bekömmlicher, wenn man sie am Vortag in einer Marinade aus Buttermilch und Zitronensaft einlegt, gewürzt mit Piment, Senfkörnern, Dill, Koriander und einem Lorbeerblatt (Sibylle Berg, Apotheken Umschau)
* Essen macht satt (Stern)

Kein idealer, aber auch kein schlimmer Ersatz

- Statt Fanta: aufgetauter gelber Schnee
- Statt Nikotinpflaster Hühneraugenpflaster nehmen
- Statt Hühneraugenkaugummi Nikotinpflaster kauen
- Den Pakt mit dem Teufel statt mit Blut mit Tomatensaft unterzeichnen (im Flugzeug)
- Anstelle von Boxhandschuhen gehen zur Not auch Topfhandschuhe (oder andersrum)
- Wenn kein Babysitter erreichbar, Wellensittich böte sich an oder Tilsiter (klingt so ähnlich)
- Statt Tilsiter mal einen reifen Olmützer Quargel aufs Pausenbrot, wenn man allein bleiben möchte

Die Filme der Putzfrauen

- Magnolien aus Stahlwolle
- Fensterputz zum Hof
- Vom Winde verwehte Wollmäuse
- Bohnernder Barbar

Wohin mit Blasenschwäche in einem UFO, wenn man Uwe heißt

- Klo
- Urologe
- Ufologe
- Uweloge
- Klempner

Die häufigsten Synonyme der Musikjournalisten für David Bowie:

* Pop-Chamäleon
* Rock-'n'-Roll-Zauberwürfel
* Major-Tom-Matrjoschka
* Tanzboden-Kaleidoskop
* Bisexuelles Beatschuppen-Puzzle
* Thin White Sudoku
* Androgyne Glam-Zwiebel
* Mars-Spinnen-Enigma
* Paris des Ostens

Die Menschheit wäre ausgestorben mit Einstiegssätzen wie diesen

1. Du erinnerst mich an meine Mutter
2. Du erinnerst mich an deine Mutter
3. Hast du heute schon deine Mutter angerufen?
4. Du erinnerst mich an meine Freundin
5. Meine Freundin erinnert sich an deinen Vater
6. «Ein Männlein steht im Walde» – das Lied hab ich geschrieben

8 neue olympische Disziplinen

1. Moderner Dreikampf (Kniebeugen/Hahnenkampf/ Bankdrücken)
2. Turmspringen mit Przewalskipferd (3, 5 & 10 Meter)
3. Damenschlammcatchen der Herren
4. Elefantenpolo mit Hamstern
5. Cross-Country-Einhandstricken
6. Müllweitwurf
7. Interdisziplinäres Tanzen (Kombination aus Säbel- und Watschentanz)
8. Stehen

Wie wer mit Brille aussieht

Elster: Eule

Dackel: Schakal

Sardine: Kofferfisch

Michael Schumacher: Mahatma Gandhi

Nana Mouskouri: Arne Zank (Tocotronic)

0: 8

Die 7 Achteltodsünden

1. Der scheele Blick
2. Giergeiz
3. Gichtneid
4. Zähneknirschen
5. Schmatzen
6. Schmollen
7. Müdigkeit

Die neuen Führungseliten

- Dschungelkönig auf dem Dreikönigstreffen der FDP
- Primus inter Pares einer Gruppe Gleichstellungsbeauftragter
- Einäugiger König unter lauter blinden Hühnern
- Der Chefboss einer Fabrikfirma

Der Widerstand gegen die Nichthaucherlokale wächst, unter anderem aus folgenden 5 Gründen

1. Man kann die Gläser, wenn sie vereist sind, nicht anhauchen, um zu sehen, was drin ist
2. Die Tür geht auf, ein Gast betritt den Laden, ein leichter Windhauch kommt mit rein und dann gleich Lokalverbot, geht's noch?
3. Wenn die Stimmung im Eimer ist, wie soll man dem Lokal je wieder neues Leben einhauchen? Mit einer Saalschlacht?
4. Klamme Finger, womit soll man sie wärmen? Mit Zigarettenglut?
5. Um einer schönen Frau ein Kompliment ins Ohr zu hauchen, muss man mit ihr extra raus auf die Straße

Die 4 Schwestern der Fliege in der Suppe

1. Die Bremse in der Bouillabaisse
2. Die Libelle in der Linsensuppe
3. Die Mücke auf der Marlboro
4. Die Cessna in der Chinapfanne

Wenn man zu wenig ist, eine **Ich-AG** zu gründen

- Wenn man grad nicht da ist
- Wenn man zu spät kommt
- Wenn man neben sich steht

Die berühmten Namensgeber bekannter Speisen

* Pizza Bismarck (Speck mit Ei)
* Knäckebrotsalat à la Mozart
* Hölderlins Hustensaftbouillon
* Herberts Restepfanne (womit Grönemeyer immer wieder seine Gäste überrascht)
* Löffelkäse nach Pablo Neruda («Ich bekenne, ich habe gelebt»)
* Nährschlamm «Herr von Bödefeld» (aus der Sesamstraße)
* Würstchen im Schlafrock-Hudson

Wann man den Glaser rufen sollte

1. Glasnudeln sind total verkocht
2. Glasauge ist unters Bett gekollert
3. Das Glas ist schon wieder halb leer statt halb voll
4. Motten in der Glaswolle
5. Brille verlegt
6. Fenster müssen mal wieder geputzt werden
7. Eine imaginäre Glasscheibe am Wrocławski Teatr Pantomimy, dem Institut für stumme Komik, hat einen Sprung
8. Wenn man wissen will, was im Buntglascontainer grad so abgeht

4 furchtbare Verwechslungen mit Rosinen

1. Statt Rosinen kleine Kieselsteine im Napfkuchen für die Oma (und die hat eine Kiesallergie)
2. Rosinen als Zahnfüllungen statt des dagegen doch relativ harmlosen Amalgams

3. Doktor findet statt der erwarteten Gallensteine Rosinen in der Niere
4. Was, wenn Vietnam mit Rosinen und Berlin mit Napalm bombardiert worden wäre?

Programmierter Ärger im Kühlschrank

1. Die FCKW (Fluorchlorkohlenwasserstoffe) starten eine Imagekampagne für sich, Tenor: Man mache es sich zu einfach, gebe man ihnen allein Schuld an der Zerstörung der Ozonschicht und der globalen Erwärmung
2. Listerien streiken, fordern eine Temperaturanhebung auf 30 bis 37 °C, *so* könnten sie jedenfalls *nicht* arbeiten
3. Die FCKW geben den Listerien eine Mitschuld am Abtauen der Polkappen
4. Es kommt zu einer Prügelei zwischen den Fluorchlorkohlenwasserstoffen und den Listerien
5. Der Käse flirtet mit der Wurst (Dangerflirt mit der Schlägerbitch)
6. Ein Steppenwolf sitzt in der Buttermilch
7. Die Kälte wird sauer

Die 2 bekanntesten und die 3 unbekanntesten Modeschöpfer Deutschlands

Hugo Boss
Otto Kern
Hugo Kern
Otto Boss
Guntbert Wams

Die Playlist des subtilen Radiosenders

- Spielt nach einem Beitrag über den Anschluss Österreichs an Hitler-Deutschland Paul McCartneys «Let 'Em In»
- Vor und während der Auslosung der Austragungsorte für die nächste Fußball-Europameisterschaft ebenso
- Während der Zeit der Papstwahl wird verstärkt Nat King Coles «Smoke Gets In Your Eyes» und «Es ist nur der Rauch» von Andreas Dorau gespielt
- Den ganzen Tag «Bridge Over Troubled Water» nach einer verheerenden Springflut, während deren zufälligerweise gleichzeitig Art Garfunkel in der Badewanne von Paul Simon ertrunken ist
- «Mother» von Danzig am Vatertag
- Wirtschaftsnachrichten werden *nicht* mit «Money» von Pink Floyd unterlegt

Es dauert lange

- Einen Nagel mit einem Q-Tip in die Wand zu schlagen
- Einen Baum mit Messer und Gabel zu fällen
- Zu warten, dass Milli Vanilli wiederkommen
- Ein Suppenhuhn in einem Jacuzzi zu kochen
- Ein versteinertes Dino-Ei auszubrüten
- Von alkoholfreiem Wein betrunken zu werden
- Nudisten zu verstehen

Die neuen Lounges sind da

- Pediküre: Naillounge
- Fleischer: Wurstlounge
- Bundestag: Die-da-oben-Lounge
- Bank: Schuldenlounge

- Acker: Kartoffellounge
- Tümpel: Laichlounge
- Friedhof: Leichenlounge
- Lounge: Loungelounge

Die wählerischen Motten

- Bekommen Drillich ohne Dressing nicht runter
- Stahlwolle schlägt zu sehr auf den Magen
- Haben eine Fleece-Intoleranz (Attest liegt vor)
- Gehen an einen bestimmten Pullover nicht ran, «weil sie mit dem Schaf befreundet waren»
- Querstreifen machen dick
- Essen nur Tischdecken
- Haben ihre Ernährung komplett umgestellt, von Textilien auf Nachos mit Käsesauce

Aus Guido Knopps Giftschrank. Die 7 unbekannten Fakten über das Dritte Reich

1. Leni Riefenstahl hätte heute Morrissey gehört
2. Nach «V8», der bekanntesten Gemüsesaft-Marke in den USA, seit 1933 auf dem Markt, wurde das im Auftrag des Reichsluftfahrtministeriums ab Mitte 1942 entwickelte «Ferngeschoss in Flugzeugform» V1 bis V3 genannt, weil man seinen Gefechtskopf ebenfalls mit Gemüseextrakten zu bestücken plante. Der Saft setzt sich aus acht Gemüsesorten zusammen, Tomaten, Rote Beete, Sellerie, Karotten, Salat, Petersilie, Brunnenkresse und Spinat. Bei der V1 begann die Testphase mit Kresse
3. «Räder müssen rollen für den Sieg!», der Slogan für eine propagandistische Werbekampagne der Deutschen Reichsbahn im

Jahr 1942, lautete ursprünglich «Knödel müssen rollen für den Sieg!», und er war auch gar nicht auf die Reichsbahn gemünzt, sondern sollte der Titel eines Volkskochbuchs sein

4. Auf russisches Roulette stand die Todesstrafe
5. Auf russische Eier nicht
6. Adolf Hitler wollte an der Akademie der Bildenden Künste in Wien ursprünglich das noch relativ neue Studienfach «Likörelle» belegen
7. Und seinen Führerschein hat er im Lotto gewonnen

Roger Willemsens Bonmot, man sollte «aus Heidi Klum sechs Sorten Scheiße prügeln», gingen bereits diese voraus

1. Nena. Man sollte neunundneunzig Sorten Luftballonluft aus ihrem Kopf lassen
2. Nina Hagen. Man sollte sie wieder zurück in die DDR prügeln
3. Lena Meyer-Landrut. Auch wenn man das Hannover nicht aus ihr herausprügeln kann, sollte man sie aus Hannover prügeln
4. Matthias Matussek. Und ihn dafür *nach* Hannover prügeln
5. Inge Meysel. Man sollte aus ihrem Sarg sechs Sorten Knochen prügeln
6. Milka-Kuh. Man sollte sechs Sorten Limited Weihnachts-Sonderedition-Schokolade aus ihr rausprügeln

Die 4 anderen Experimente Iwan Petrowitsch Pawlows

1. Katze und Kesselpauke: Katze rast wie angezündet durch die Wohnung
2. Gummibaum und Vuvuzela: keine Reaktion

3. Zirkusclown und Giuseppe Verdi: Clown beißt in die Platte wie in einen Keks
4. Graugans und Konrad Lorenz: Gans watschelt Lorenz nach

Die sicherste Lampe der Welt

1. In ihr glimmt eine 15-Watt-Sparbirne
2. Die nicht heiß wird, sondern sogar noch kälter
3. Lampenschirm ist aus Asbest
4. Die Lampe bezieht ihre Energie nicht aus der Steckdose, sondern wird mit einem solarbetriebenen Akku versorgt
5. Nicht von unserer Sonne (zu gefährlich), sondern von einer aus dem nächsten Sonnensystem (Alpha Centauri/4,3 Lichtjahre entfernt)
6. Lampe leuchtet nur am Tag, um unsere Netzhäute im Dunkeln zu schonen (blickenergiesparend)

Harmlose Wettervorhersagen

- Sturm im Wasserglas
- Blitzeis im Schnapsglas
- Pappschnee im Pappbecher
- Graupelschauer im Eierbecher
- Leicht bewölkt im Fingerhut
- Unveränderlich im Vogelbad
- Hundstage in der Petrischale

5 Redensarten, die Zwiebelfreaks stets parat haben

1. Eine Blumenzwiebel gräbt man nicht ein wie eine Leiche, deren Uhr noch tickt

2. Schalte die Denkzwiebel ein, wenn du die Uni lüftest
3. Glatteis auf der Zwiebelsuppe, nicht gerade das, wovon Kati Witt träumt, wenn sie nachts angeln will
4. Eine Zwiebel macht noch keinen Apfelkuchen
5. Mit Zwiebeln geht man nicht auf Nashornjagd in Botswana

Dieser eine berühmte Satz aus «Casablanca» – die 5 verworfenen Versionen

1. Spiel's nicht noch einmal, Sam
2. Spiel's nicht wie ein Eimer, Sam
3. Spiel's nicht so leiernd, Sam
4. Spiel's für Hermann Maier, Sam
5. Spiel's nicht für Ingrid Bergman, sondern für Mutter Beimer, Sam

3 Fragen am Ende des Tunnels

1. Wer hat das Licht ausgemacht?
2. Warum ist hier zugemauert?
3. Und warum kommt mir trotzdem ein Zug entgegen?

Was man von Müttern nur allzu oft hören musste

- Komm essen, die Suppe wird alt
- Wo bleibst du denn? Die Suppe wird trocken
- Mach hinne, der Apfel wird sauer
- Hast du dir auch die Zunge gewaschen?
- Komm endlich aus dem Klo, Jens, beende die Spiegelblockade, seiner Eitelkeit zu frönen kann massiven Rückenmarksverlust

zeitigen, lass dir das von deiner Mutter sagen, der das Rückenmark regelrecht explodiert ist vor den blinden Spiegeln ihrer Jugend

Die neuen Kaiser

* Des Kaisers neue Küche (kein Toaster, kein Induktionsherd, keine Dunstabzugshaube)
* Des Kaisers neues Auto (keine Räder, kein Airbag, kein Benzin im Tank)
* Des Kaisers neue Waschmaschine (keine Trommel, kein Pulver und Kleider ja sowieso nicht)

8 Maßnahmen zur Einschränkung des Rauchens

1. Schockbilder auf den Schachteln
   - vom Ruhrgebiet
   - von verbrutzelten Thüringer Rostbratwürsten
   - Kohlezeichnungen von Käthe Kollwitz
   - Michel Houellebecq hält eine Zigarette zwischen Mittel- und Ringfinger
2. Raucher benötigen eine Art Raucherführerschein, der alle 2 Jahre erneuert werden muss, bei dem
   - ordnungsgemäßes Inhalieren
   - korrekte Handhaltung
   - sauberes Abschnicken der Asche geprüft werden
3. In den Schachteln sind 10 Prozent der Zigaretten aus Holz, Stroh, Tofu oder Schokolade
4. Das Verhältnis Filter : Tabak (bisher 1 : 4) wird umgekehrt
5. Das Zigarettenpapier ist aus Asbest

6. Unter 21-Jährigen werden keine Zigaretten-Böreks mehr serviert
7. Aschenbecher müssen regelmäßig zum TÜV und schreien markerschütternd, wenn eine Zigarette in ihnen ausgedrückt wird
8. In Raucherlokalen: Nikotinpflaster werden an Passivraucher verteilt

Nach 30 Jahren Tote Hosen erwägt Campino einen totalen Relaunch. Die Bandnamen, die in die engere Wahl kommen

Die Vollen Hosen

Die Hosenlosen Toten

Die Kastelruther Hosenspatzen

Die Lebenden Hemden

Tototronic

Die Assistenzärzte

Auch bei den Namen der Bandmitglieder soll ein Neustart versucht werden

Campino: Kinder Bueno

Breiti: Fatso

Andi: Kuddel

Kuddel: Andi

Was passiert, wenn man 10 Jahre keinen Käse isst

1. Alterungsprozess wird gestoppt

2. Libido bleibt erhalten
3. Glatte Haut, kräftiges Haar, schöne Nägel, fester Stuhl
4. Keine rissigen Mundwinkel
5. Man hat einen großen Beitrag zum Klimaschutz geleistet
6. Geschmackspapillen werden sensibilisiert und nehmen neue Sinneseindrücke wahr, z. B. Schmieröl im Salat, Glutamat in der Regierung, Antimaterie im All, Sprite im Fantakuchen

6 unglücklich gewählte DJ-Namen

DJ Ostbam

DJ Anal Erection

DJ Dance Fever 5000

DJ E-Mail

DJ Mischmaschine Holger Solms

DJ Tasche

Wissenswertes über Katzen

1. Wenn die Katze aus dem Sack ist ... können die Kartoffeln wieder in den Sack
2. Wenn die Katze aus dem Haus ist ... tanzen die Mäuse Paso doble mit dem Tisch
3. Wenn die Katze das Mausen nicht lässt ... hat sie ein ernsthaftes Suchtproblem
4. Wenn die Katze um den heißen Brie redet ... heißt das, dass sie sich eigentlich gar nichts aus Brie im Speziellen und auch nichts aus Käse generell macht
5. Wenn die Hausfrau faul ist ... ist die Katze fleißig
6. Wenn die Katze ein Pferd wäre ... könnte sie die Bäume hochreiten und in die Nester der Uhus Gimpeleier legen

10 durch Alternativmedizin verursachte Krankheiten

1. Bachblütensausen
2. Feldenkraislaufbeschwerden
3. Karma-Überbein
4. Dinkelfieber
5. Astralhartleibigkeit
6. Chakren rinnen aus
7. Pseudopilates
8. Hildegard-von-Bingenitis
9. Tinnitus, der einem Soldatenlieder vorpfeift
10. Verrückt nach Fair-Trade-Schmalz

7 Arten, eine Kerze zu löschen

1. Mit einer Oboe ausblasen (nach Noten oder improvisiert)
2. Der Flamme mit dem Anwalt drohen, wenn sie nicht sofort ausgehen will
3. Oder haut ihr einfach eine rein
4. Brennende Kerze bei eBay versteigern
5. Sie an einer Autobahnraststätte aussetzen
6. Im Zimmer ein Vakuum erzeugen und damit das kleinere Übel in Kauf nehmen, dass man selbst erstickt
7. Sie zu einem Tauchkurs anmelden

Inflationär gebrauchte Vorwürfe

* Antitermiten (Ameisen)
* Antimieten (Hypotheken)
* Antisemantiker (Legastheniker)
* Antisemmeln (Brote)

Das elfte Haar

Was man Meat Loaf fragt, wenn er einem mal «I would do anything for love (But I won't do that)» vorsingt

«Was?»

«Eine Wurmkur?»

«Abspecken?»

«Und warum nicht?»

«Was ist denn so schlimm daran, nackt über eine Zittergraswiese zu tanzen, mit einer über den Kopf gestülpten Unterhose – auf dem Saturn?»

«Das Lied singen? Aber das tust du doch grade, Meat»

Wie Floskeln entstehen

1. Die meisten Floskeln kommen aus unterirdischen Floskellaboratorien in unzugänglichen Tälern Andorras
2. Dort arbeitet ein Team hochspezialisierter Linguisten, die mit einem weltweiten Netz aus eloquenten Hausmeisterinnen, Taxifahrern, Kellnern und Frisören ständig durch ein Intranet verbunden sind, eine Gruppe, die ihnen das Rohmaterial zuliefert
3. Die hereinkommenden Floskeln werden gewaschen, sortiert, durch Mikroprozessoren geschickt, zerlegt und wieder zusammengesetzt, anschließend in ein Elektronengehirn eingespeist, das das ganze Material auswertet
4. Danach wandern sie in die Testabteilung, wo sieben Menschen die gesamte Weltbevölkerung repräsentieren, einer für jede Milliarde. An ihnen wird die Floskel durch ständiges Wiederholen getestet
5. Sobald eine Floskel den Test besteht, wird sie in die Welt entlassen, z. B.:
6. «Sei es, wie es sei»

6 Vorteile von Nebel

1. Schluckt Hässliches
2. Wenn man zu spät kommt, hat man eine Ausrede:
   a: «Hab mich im Nebel verirrt»
   b: «Konnte die Uhr nicht lesen, es war zu nebelig»
   c: «Hab dich mit mir verwechselt»
3. Heiratsantrag mit von Fickwunsch zerfurchtem Gesicht kommt im Nebel weniger direkt
4. Yngwie Malmsteen nimmt Tubastunden im Nebel, und es klingt wie ein Nebelhorn
5. Carmen Nebel verschwindet im Nebel von Avalon komplett (Überassimilierung)
6. In den ersten Nachkriegsjahren stellte man aus mit Kleiderstärke gebundenem gepresstem Nebel essbares Sperrholz her

Neues für Hunde

1. Hundehüttenkäse
2. Künstliche Hundehaufen für Hunde mit Verstopfung
3. Tierkostüme für Hunde
4. Flohhalsbänder (trugen früher ausschließlich Flöhe, jetzt schniekes Top-Accessoire für den besten Freund des Menschen)
5. Vegetarische Knochen
6. Bronzo ist nicht mehr ausschließlich einer der beliebtesten Namen für Pfeifhasen, sondern zunehmend auch für Hunde
7. Miet-Miezen von Emanuel Ungaro
8. Spaß-Räudebad

Sprüche, die die Gebrüder Grimm bei der Aufzeichnung ihrer Märchen teilweise falsch, teilweise verzerrt wiedergegeben haben

1. «Spieglein, Spieglein an der Wand, ich hab zwar nicht den idealen Body-Mass-Index, den ich für mein Alter haben sollte, und ich müsste auch mal wieder zum Frisör, trotzdem: Wer ist die Netteste im ganzen Land?»
2. «Ach wie gut, dass niemand weiß, dass ich gar nicht Rumpelstilzchen, sondern Bernd heiß»
3. «Ich bin so satt, ich mag kein Blatt. Bin generell kein Beilagentyp»
4. «Rapunzel, lad dein Haar herunter»
5. «Großmutter, warum hast du so große Stützstrümpfe?»
6. «Wer hat von meinem Tellerchen gegessen, wer aus meinem Becherchen getrunken, und wer hat den kleinen gemischten Salat noch nicht bezahlt?»
7. «Die guten ins Töpfchen, die schlechten auf eBay»

Der große Streik der Lyriker am 4.4.2013. Zehntausende Lyriker hatten sich daran beteiligt und massiven Druck auf die Arbeitgeberseite ausgeübt. Das waren die Forderungen im Einzelnen, von ihren Verhandlungsführern artikuliert

Durs Grünbein: Verlangte, dass asklepiadeische Strophen über Tarif bezahlt werden sollen. Es kam zu keinem Abschluss

Yaak Karsunke: Seine Forderung: Bei Twitter müsse sapphisches Versmaß (besteht aus drei gleichgebauten Elfsilblern und als Abschlussvers einem Fünfsilbler) zugelassen werden, auch wenn das die vorgegebenen 140 Zeichen überschreitet;

scheiterte an der mangelnden Kompromissbereitschaft des amerikanischen Mikroblogging-Anbieters; die Gewerkschaften konnten hier nicht vermitteln, weil sie noch nicht mal wussten, was Twitter überhaupt ist

Franzobel: Wirtinnengedichte sollen einen eigenen akademischen Lehrstuhl bekommen. Die Institutsfachausschüsse stellten sich quer

F. C. Delius: Forderte ein Denkmal für Karl Leberecht Immermann *(Tulifäntchen. Ein Heldengedicht in drei Gesängen)* in Magdeburg, Immermanns Heimatstadt. Diese Forderung fand keinen Anklang, resigniert schrieb die *Magdeburger Volksstimme* am 22. April 2013: *Immermann ist überall geschätzter als in Magdeburg*

Sarah Kirsch: Interdisziplinäre Verschmelzung von Haiku und Limericks

Raoul Schrott: Weniger Jamben im öffentlichen Dienst, dafür mehr Klapphornverse. Des Weiteren: Lohnfortzahlung bei Reimunfähigkeit, keine Streichung des Jahresendbonus für vierhebige Jamben.

Über den Forderungen Schrotts und Kirschs hatten sich die Verhandlungen in der Nacht festgefahren. Die Verhandlungsführer beider Seiten hatten sich zwar schon vor Mitternacht geeinigt, aber die Beratungen der Gewerkschaften (ausschließlich in Limericks) dauerten noch einmal rund acht Stunden bis zum Morgen. Der zähen dritten Verhandlungsrunde waren zwei Reimstreikwellen (Motto: «Reim dich, oder ich fress dich») vorausgegangen, in deren Verlauf Vermummte ein Lyrikbändchen von Rilke abfackelten. Trotzdem oder gerade deswegen kam es zu keiner Schlichtung. Zwölf Verdächtige aus dem sogenannten Block Autonome Knittelverse (BAK) wurden in der Folge vorübergehend festgenommen.

Der enttäuschte Schrott veröffentlichte daraufhin als zynische Reaktion in der *Frankfurter Allgemeinen Sonntagszeitung* sein gewaltiges Jambenepos «Der im Irrgarten der Metrik umhertaumelnde Gewerkschaftsführer»

5 Ausreden dafür, dass auf dem Oberarm *Elsiv* steht und nicht *Elvis*

1. Ist nicht der King gemeint, sondern der Knig
2. Presley war Legastheniker
3. Und der Tätowierer schwerhörig
4. Die Energiesparlampen in dem Studio waren schuld, man hat ja kaum was sehen können
5. Die Autokorrektur war ausgestellt

4 sinistre musikalische Montagshommagen

* Bangles: «Manic Monday». Wer ist eigentlich dieser Valentino? Was ist ein Funday? Einer, an dem jeder ununterbrochen grinst? Also wie in der Klapsmühle? Na, vielen Dank
* Boomtown Rats: «I don't like Mondays». «The Telex machine is kept so clean», was ist, ohne eilfertig Google zu bemühen, ein Telex? Lochkarten, die durch Stromkabel kriechen? *Hallo?* Jemand zu Hause?
* The Mamas & The Papas: «Monday, Monday». Mamas und Papas von wem? Von sich selbst? War die Dicke im Kaftan die Königin und die anderen die Drohnen? Sie tun so friedlich, aber schien es nicht eher so, dass sie gekommen seien, um uns zu essen?
* New Order: «Blue Monday». 7 Minuten und 29 Sekunden monotone Langeweile, aber ein Wochenbeginn ist nun mal nicht in ein paar Minuten abgehandelt. Ein Tag misst sich nicht in Minuten

(«Acht Minuten sind kein Tag», R. W. Fassbinder), es passiert einfach zu viel, Wunderbares wie Unvorhergesehenes, man ist ja nach einem Wochenende regelrecht ausgetrocknet, dass sich doch jeder auf den neuen Wochenbeginn freut. Diese vier Lieder werden dem in keinster Weise gerecht.

Womit Jesus nicht übers Wasser ging

Clogs
Crocs
Galoschen
Knobelbecher
Löchrige Socken
Riemchensandalen
Türkische Schnabelschuhe
Quietschende Clownsschuhe
Schlittschuhe (See war noch nicht zugefroren)

Gedanken beim Anblick von Zugvögeln

- Sie ziehen nach Süden, Tee zieht drei Minuten, ich zieh mir jetzt eine schöne geräucherte Makrele rein
- Gute Techniker, aber kommen sie damit weit?
- Was sie nicht im Kopf haben, haben sie in den Federn
- Diese Vögel – immer am Machen
- He, bleibt, lehrt mich Eier legen
- Wartet auf mich, ich muss nur noch mal aufs Klo
- Nicht drängeln, Freunde
- Wie soll es nur ohne sie weitergehen?
- Ich halte hier die Stellung
- Ihr Hallodris

Wer ist eigentlich Klaus Wildbolz?

1. Beschäftigt sich mit der Stromerzeugung durch ein kleines Tidenhub-Gezeitenkraftwerk im Vogelbad seines Gartens
2. Hat in seiner Jugend im Dursty-Getränkemarkt gejobbt
3. Sein Terrier heißt «Watzefack»
4. Gesundheitlich fühlt sich Wildbolz topfit. «Ich habe mir ein neues Knie gegönnt, aber ein Ersatzteillager bin ich nicht»
5. Hat mal im Internet versehentlich 6000 Zanussi-Wäschetrockner bestellt. Sie standen eine Woche in seinem Garten, bevor er 5999 wieder zurückgeben konnte. Auch sein Knie kommt aus dem Internet; schmunzelnd meinte er in einem Interview mit der *Gala*: «Stellen Sie sich mal vor, ich hätte 6000 Knie im Garten»
6. Der verbliebene Wäschetrockner bezieht seinen Strom aus dem kleinen Gezeitenkraftwerk
7. Hat seine Frau im Garten begraben («In Österreich ist das möglich. Meine Frau hatte es sich so gewünscht. Sie wollte neben ihren geliebten Terriern ruhen») und will, dass seine Asche einmal im Vogelbad verstreut wird, er möchte ja nicht auch noch nach seinem Tod von den Terriern terrorisiert werden
8. Sein Knie will er der Wissenschaft vermachen («Meine Asche ist kein Ersatzteillager»)

Die 5 essenziellen Charles-Bronson-Klassiker

1. Ein Mann sieht rot
2. Ein Mann sieht knallrot
3. Ein Mann sieht mauve
4. Ein Mann sieht kariert
5. Der Grenzwolf

Was hat der Klimagipfel gebracht?
▶ Das Klima soll sich nicht so anstellen
▶ Man sollte öfter mal Lüften
▶ Kühe dürfen nicht mehr rauchen

Befehle und Aufforderungen, denen Folge zu leisten Hühner nur selten gewillt sind

- Sitz!
- Fass!
- Hü!
- Stillgestanden!
- Zugriff!
- Fahrscheinkontrolle!
- Damenwahl!

Bossa nova, was er heute macht

1. Plädiert vor dem Europäischen Gerichtshof bereits in der vierten Instanz auf «nicht schuldig»
2. Gibt in der Psychotherapie seinem Vater zumindest eine Teilschuld
3. Gesteht bei der Beichte, mal etwas mit der Eurythmie gehabt zu haben, die die eigentlich Schuldige sei, aber um sie zu schützen, habe er jahrelang alle Schuld auf sich genommen
4. Bekannte kürzlich in einem Interview im ZDF-Morgenmagazin: «Die Aufarbeitung der Vergangenheit steht für mich in der Prioritätenliste weit oben. Wer für sich selbst erkennt, wie sehr er in das Tanz-Diktat der fünfziger Jahre eingebunden war und es auch gestützt hat, dem wird mit dieser Erkenntnis vielleicht auch zur notwendigen Geduld verholfen. Wer immer nur nach vorn sieht, der wird eines Tages von der Vergangenheit, die er nicht bewältigt hat, eingeholt. Wer aber nur Rückschau betreibt, der sieht die Chancen des Lebens nicht. Da gibt es schon Neuanfänge, und man muss jedem Tanz die Möglichkeit zur Änderung zugestehen, die für ihn auch bedeutet, Schuld einzusehen und abzutragen. Von der Eurythmie kann

man das indes nicht erwarten, da fehlt es zuallererst an Einsicht.»

Womit man sich nicht zuprostet

Kaffee
Suppe
Nuckelfläschchen
Brüste
Zuckerwürfel bei der Schluckimpfung
Wasserköpfe
Aquarien
Rauschgiftspritzen
Mit einem kleinen Schälchen Salzmandeln

5 Fragen an Ingeborg Bachmann

1. Hätte sie am Ingeborg-Bachmann-Wettbewerb teilgenommen?
2. Wenn er statt in Klagenfurt in der Bronx stattgefunden hätte?
3. Der Bronx von Osnabrück?
4. Und kein Literatur-, sondern ein Stabhochsprungwettkampf gewesen wäre?
5. Für Männer?

Tiere, die es im Laufe der Evolution nicht zustande gebracht haben, vernünftig zu gehen

Springbock
Hupfdohle
Grashüpfer

Schlammspringer
Schlampe
Trampeltier
Tanzbär
Blindschleiche
Siebenschläfer
Rollmops

Was tun bei Schlafstörungen

1. Die Nacht zum Tag machen
2. Den Mond anheulen
3. Die Matratze verklagen
4. Die Nacht erwürgen
5. Neue Schlafmütze ausprobieren
6. Die Zitteraale aus dem Wasserbett lassen
7. Die Nacht wegtanzen
8. Sich professionelle Hilfe suchen («Mein Bett versteht mich nicht mehr und mein Sarg noch nicht»)
9. Mehr Sand in die Augen schaufeln
10. Sich einreden, Schlaf sei ungesund
11. Sich schlafend stellen

Fakten über Pferde

- Voltigieren halten sie für obszön («Ein Rücken ist kein Tanzboden!»)
- Striegeln geht ihnen gegen den Strich
- Auf die Kandare können sie gut und gerne verzichten
- Sie hatten mal was mit einem Sattler (war aber nichts Ernstes)

- Sie finden, dass sie auch schon mal Besseres gegessen haben als Hafer
- Aber nicht gerade Dinkel
- Sie liiiiiiieben die Hufeisen von Manolo Blahnik
- Haben keine gute Meinung zu Fury («besseres Schaukelpferd»)
- Was ihnen zur Krise einfällt: «Die Politik schlängelt sich unter den Pferdebäuchen der Wirtschaft zu den Gräbern der Esel, während sich die Sattler die Hände reiben»

9 Nadeldramen

1. Heu im Nadelhaufen
2. Entendaunen im Nadelkissen
3. Nähnadel auf der Intensivstation einer Tierarztpraxis (wegen eines in ihrem Öhr steckengebliebenen Kamels)
4. Grammophonnadel im Strickzeug
5. Akupunkturnadel im Arm eines Drogentoten
6. Tannennadeln an der Trauerweide, die zum Fasching als Fichte gehen wollte
7. Sicherheitsnadel in der Nase Mahmud Ahmadinedschads
8. Kanüle im kalten Truthahn
9. Ahle im All

Wie die Fans ihre Lieblingsbands nennen

Tocotronic: Die Tocos

Goldene Zitronen: Die Goldies

ABBA: Die Abbas

Kraftwerk: Die Kraftis

Celtic Frost: Die Frosties

Das Stoakogler Trio/The Rolling Stones: Die Stoanis

In der Tierpsychiatrie

Borderline-Collie

Bipolarfuchs

Trottellumme

Basstölpel

Purzelfrosch

Prozessionsspinner

Spinatwachtel

Schreckschraubenziege

Heilbutt mit Astralmeise

Makrameeeule

Thermometerhuhn

Garfield

Bandnamen, die Manager Stig Andersson auf der Liste hatte, bevor er sich für «ABBA» entschied

1. AABB
2. ABAB
3. BBAA
4. BABA
5. The Agnetha Fältskog Singers
6. Amon Düül III
7. Oåsis

Was Joe Cocker mit der Zeile «You Can Leave Your Hat On» meinte

1. Ich mag Hüte
2. Im Gegensatz zu deinen unfrisierten Haaren

3. Du bist sowieso schon so klein, ohne Hut würde ich dich gar nicht mehr sehen
4. Pilze nehmen ihren Hut ja auch nie ab, na, Hauptsache, du hast keinen Scheidenpilz
5. Lass ihn auf, du erkältest dir die Haare
6. Hab Angst um das Kaninchen unter deinem Hut, hier gibt's Schlangen
7. Bin grad am Suppeessen, lass ihn noch kurz auf, will keine Haare in der Suppe haben (gibt schon genug Witze drüber)
8. Ohne Hut siehst du irgendwie nackt aus

Wo die Rückseitengestaltung zu wünschen übrig lässt

- Fernseher
- Kühlschränke
- Kaufhäuser
- Kaugummiautomaten
- Hühnerställe
- Hinter der Maske (des Phantoms der Oper)
- Mond

Was man für Antworten bekommt, wenn man einen Weisen etwas fragt

1. Wo es zum Bahnhof gehe: Sinn des Lebens
2. Ob man hier rauchen dürfe: wie man zum Bahnhof kommt
3. Nach der Uhrzeit: Rezept für Pfeffernüsse
4. Was zuerst da war: Depeche Mode waren früher besser
5. Ob er schwerhörig sei: dass man in Los Angeles auf 12 verschiedene Arten Buddhist sein kann

Warum spielt Udo Jürgens eigentlich auf einem gläsernen Flügel?

- Weil er nicht Gong spielen wollte
- Oder gläsernen Gong
- Er muss immer den Boden sehen, gibt ihm Sicherheit
- Er schämt sich für sein Instrument, hofft, dass man es nicht sieht
- Sein Bruder ist Glaser
- Der Flügel ist geschliffen, hat 5 Dioptrien, ist eine Art Brille mit Tasten
- Es ist eigentlich nur ein billiger Einwegflügel von ALDI, passte aber in keinen Altglascontainer und muss notgedrungen weiter mitgeschleppt werden

Nachdem bis 2019 die Türaufschriften «Drücken/Ziehen» vollständig aufgebraucht sein werden und auch nicht mehr produziert werden, bleiben für die unbeschrifteten Türen immer noch diese Paarungen übrig

Pfeffer/Salz

Weißglas/Buntglas

Äpfel/Birnen

Dick/Doof

AC/DC

Pest/Cholera

Damen/Herren

Weder/Noch

Heinrich Heine, Heinrich Himmler und Heinrich Harrer sitzen in einer Bar, plötzlich kommt Johann Wolfgang von Goethe rein, er sagt

«Heinrich! Mir graut's vor dir»

«Heinrich, der Wagen bricht»

«Hyper Hyper»

«Was geht?»

«Man muss Scheiße von Schuhcreme unterscheiden können»

«Wollt ihr den totalen Krieg?»

«Ich bin gut drauf, seid ihr auch gut drauf?»

«Gimme some lovin»

«Yowsah! Yowsah! Yowsah!»

Warum Jimi Hendrix seine Gitarre mit den Zähnen gespielt hat

- Er hatte einfach einen irren Hunger, brauchte irgendwas zwischen den Zähnen
- Musste sich wie ein Kleinkind immer wieder etwas in den Mund stecken
- Ersatzhandlung, hatte gerade mit dem Rauchen aufgehört
- Er hatte vorher Braten gegessen und eine lästige Fleischfaser zwischen den Zähnen, benutzte die Saiten als Zahnseide
- Er hatte sich bei einem Rodelunfall in der Jugend die Zungenspitze abgebissen, und die wurde dann durch eine Metallprothese in Form eines Plektrums (auch *Spielblättchen, Plattl* oder *Zupflümmel* genannt) ersetzt
- Weil seine Finger erschöpft waren, vollkommen fix und fertig

Wie die Schriftsteller in Adjektiven weiterleben

Franz Kafka. Kafkahaft

Heinrich Böll. Böllisch

Friedrich Schiller. Schillernd

Kenzaburo Oe. Öd

Herta Müller. Hertesk

Marcel Proust. Aufgeproustert

Hermann Hesse. Hessisch

Marlene Streeruwitz. Streeruwitzlos

Heinz Strunk. Heinzellenartig

Max Frisch. Frisch

Was Mücken eigentlich wollen

* Nur mal probieren
* Eigentlich nur ein prima Kumpel sein
* Gestreichelt werden
* Respekt
* Schmusen
* Gar nicht das Blut, sondern nur die Seele

Was alles verschwindet
Glühbirnen
Quaggas
Polkappen
Badekappen
Haare
Was? Nur zwei? Mir werden langsam die Eier knapp

Öfter mal die Nahrungskette durchbrechen

- Das Ei essen und nicht das Huhn
- Den Baum essen und nicht den Apfel (für Biber andersrum)
- Den Angler essen und nicht den Fisch
- Digestif statt Aperitif
- Auf den Salat verzichten, stattdessen die Tischdeko schnabulieren
- Warum nicht einfach mal den eigenen Kopf essen?
- Und sich selbst verdauen?

Was nehmen, wenn man gerade keine Milch für den Kaffee hat

- Perlweiß
- Tipp-Ex
- Bleichmittel
- Einen Käse auswringen
- Weißwein
- Schnee

Wie man die Heiligen 3 Könige abwimmelt

- Behaupten, dies sei eine Nichtweihraucherwohnung
- Das Gold nehmen und ihnen dafür gestatten, mit Kreide ihre Initialen auf dem Türrahmen zu hinterlassen
- Man gibt ihnen zu verstehen, dass man es vorzöge, Wencke Myhre zu hören, ihre Myrrhe könnten sie sich sonst wohin stecken, und singt ihnen höhnisch Wenckes «Lass mein Knie, Joe / Mit uns klappt das nie, Joe / Such mich zu begreifen / Und hör auf, mich zu kneifen» hinterher
- Man erklärt ihnen, Jesus sei hier schon lange ausgezogen

Was man wie misst

Liebe: in Minuten

Leben: in Zentimetern

Erfolg: in Gramm

Intelligenz: in Litern

Blutdruck: in Anrufen

7 etwas weniger gelungene Analogien (von Studenten der Vergleichenden Literaturwissenschaft, 1. Semester, Uni Bad Oldesloe)

1. Ihr Lachen war rau und kehlig, es klang wie ein Dobermann, dem die Knochen vom Vortag hochkommen
2. Constanze und Armin sind einander noch nie begegnet, und in ihrer Begegnung war die Unschuld zweier frisch geschlüpfter Rotkehlchen, die sich auch noch nie begegnet sind
3. Er war kräftig wie ein Baum, seine Arme jedoch wie drei dürre Zweige, auf denen irgendwelche Buntspechte Dinge taten, die jenseits unserer Vorstellungskraft liegen
4. Sie reisten wie auf Luftmatratzen durch Lava, so ausgesetzt fühlten sie sich ohne Fahrschein im Bus nach Bad Oldesloe
5. Hugo Montenegros Gesicht hatte große Ähnlichkeit mit einem Hydranten, nicht von der Form oder der Farbe her, sondern vom Grundgefühl
6. Er watschelte wie eine Ente mit Hämorrhoiden, die verlernt hatte zu schwimmen
7. Sie betrat das Büro so lasziv wie ein Tausendfüßler, dem man 998 Beine gebrochen hatte, löste ihr Haar, schüttelte es, und mit einem Mal war das Bild vom lädierten Insekt verschwunden

Was der Vogel sagt, wenn ihm der Wurm die frühe Uhrzeit vorwirft

«Echt, wir waren verabredet? Ich war wirklich nur zufällig in der Gegend»

«Soll ich später noch mal wiederkommen? Wir könnten Fangen spielen»

«Hab ich das Recht, meinen Anwalt anzurufen?»

«Kein Schwein juckt, dass Sie mir Vorwürfe machen»

«Hey, Wurm, wie stehn die Aktien?»

«Wo ist Lefty?»

Worauf man nach dem Einbruch achten sollte

- Gut lüften
- Hände und Finger anschließend gründlich abwischen
- Sich bei den Nachbarn entschuldigen, falls es etwas laut geworden sein sollte
- Toilettendeckel runterklappen
- Trinkgeld hinterlassen
- Noch mal nachschauen, ob das Bügeleisen wirklich ausgeschaltet ist

Abnehmen, leicht gemacht

1. Blut spenden (7 Liter)
2. Bein abschneiden
3. Eine Brust wieder verkleinern
4. Haare schneiden
5. Nicht mit nassen Haaren wiegen
6. Und nicht nach dem Einatmen
7. Bleiweste abnehmen

8. Vorher ein Kilo Federn essen
9. Akku rausnehmen
10. Seele verkaufen

Wenn aus Hypochondrie Paranoia wird

* Vergessen, was auf den Tag genau vor 3 Jahren um 17 Uhr 45 war: Alzheimer
* Komischer Geschmack im Mund: Lebensmittelvergiftung
* Kribbeln in den Händen: Du verwandelst dich gerade in ein riesengroßes grünes Huhn
* Dir begegnet Dagmar Mair unter der Eggen (italienische Snowboarderin): Du musst 7 dunkle Jahre überstehen
* Das Wasser in der Badewanne wird kühler: Beginn einer neuen Eiszeit
* Drei hellblaue Autos stehen in deiner Straße: *Sie* beobachten dich
* Kalter Fasan zum Frühstück: Das bist du, der da vor dir liegt

Wie man Fischen helfen kann

- Kiemen-zu-Kiemen-Beatmung
- Antischuppenshampoo ins Meer kippen
- Ihnen sagen, wo der Haken ist
- Eine Wurmkur empfehlen
- Ihnen neue Schwimmstile beibringen
- Kugelfischen eine kugelsichere Schwimmweste umlegen
- Sie fachgerecht filetieren und wieder zusammensetzen, so lange, bis der Hunger verflogen ist, Fische danach wieder freilassen
- Flossenpilzbehandlung

- Thalasso-Algenpackung als Kur auf die Problemzonen auftragen (regt den Hautstoffwechsel an, kräftigt das Bindegewebe, glättet und lindert Cellulite)

Die 11 wüstesten Städteschmähungen

1. «In Darmstadt sitzt ein Knallfrosch am Drücker»
2. *Worms, mon amour.* «Man kann es auch einseitige Liebe nennen»
3. Lüdenscheid. «Auf dem Misthaufen der Geschichte aufgebautes Lügengebilde aus lauter Bierdeckeln»
4. Salzburg. «Mozart liebte harte Eier und kam ausschließlich wegen des Salzes hierher, mehr war da nicht, also wacht auf, Freunde!»
5. Salzgitter. «Siehe Salzburg, eins wie das andere»
6. Bienenbüttel. «Ich glaub, ich spinne»
7. «Dingenskirchen» (zu Berlin sagen)
8. Wipperfürth. «Ach komm, lass stecken, man weiß ja gar nicht, wo man anfangen soll»
9. Dinslaken. «Soll ein Witz sein, oder?»
10. Solothurn. «Solowas?»
11. Wiesbaden. «Wiesbaden!»

10 Einzelheiten über Michael Jackson

1. Konnte nicht schwimmen
2. Trug noch Windeln
3. Er besaß nicht nur *einen* Nussknacker, er hatte sogar gleich zwei!
4. Er hatte eine eigene Kläranlage (just for fun)
5. Warf keinen Gummiring, kein Paketband und kein Geschenkpapier weg

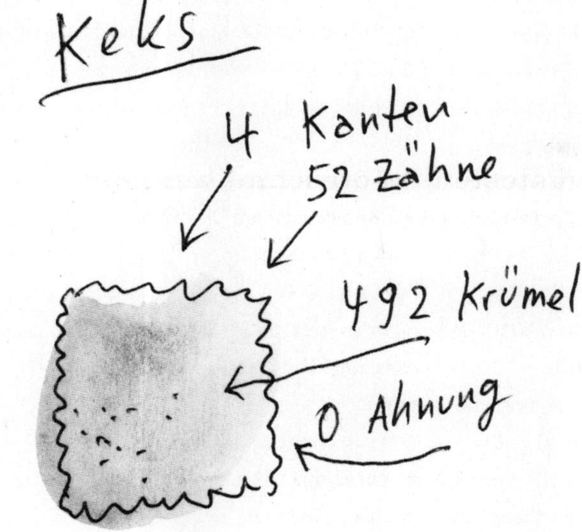
Keks
4 Kanten
52 Zähne
492 Krümel
0 Ahnung

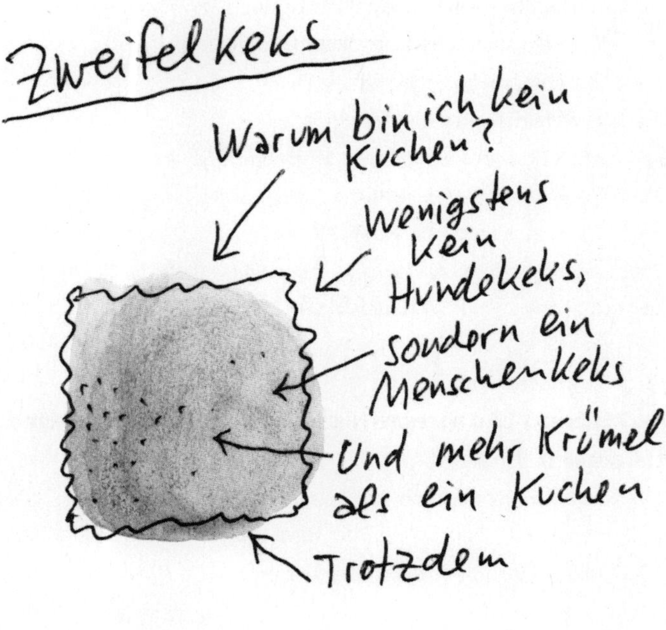
Zweifelkeks
Warum bin ich kein Kuchen?
Wenigstens kein Hundekeks, sondern ein Menschenkeks
Und mehr Krümel als ein Kuchen
Trotzdem

6. Schlüpfte gerne mit beiden Beinen in ein Hosenbein, das andere war reserviert für Bubbles, den Affen
7. Um seine Neverlandranch war ein Jägerzaun gezogen
8. Plante eine neue Single mit Billy Mo («Ich wünsch mir einen Tirolerhut»)
9. Mit Billie Jean war eigentlich Billy Mo gemeint
10. Sein Lama machte die Buchhaltung

12 prima Neujahrsvorsätze

- Endlich Klorollensammlung wegwerfen
- Wäschespinne leasen
- Einem Kopfgesteuerten in die Hose helfen
- Mehr mit den Brüsten arbeiten
- Statt Caipirinha und Aperol Spritz es im kommenden Jahr mal mit vergorenem Bratapfelsaft versuchen (Trends setzen)
- Quorren (das Geräusch, das Schnepfen machen)
- Kühlschrank mit Dynamit enteisen
- Flimmerhärchen mèchen
- Mit Sekt herumspritzen im Müttergenesungswerk, wenn die Insassinnen sich gerade die Fußnägel lackieren («Paaaaarty!»)
- Saubohnendiät abbrechen (endlich)
- Auch mal laichen, wenn alle zugucken (na und?)
- Mal eben wo drüberwubbern

Die 7 überflüssigsten Gegenstände auf der einsamen Insel

1. Kaputter Rasierapparat
2. Stopfpilz
3. Broschüre vom Kreiswehrersatzamt

4. Laubbläser
5. Nasenpflaster
6. Der Mann, der Dieter Moor war (heißt seit April 2013 Max Moor)
7. Bremsbacken

Die Parallelgesellschaft Entenhausens

Dussel Duck

Inspektor Issel

Bottervogel

Atömchen

Alfons

Zacharias Zorngiebel

Anwantzer

Spurobold

Balduin Beutelschneider

Willibald Wasserhuhn

Professor Trockenstaub (ein anthropomorpher Hund mit wuschligem, braun-gelbem Fell und Tropenhelm)

Wovon Schnecken träumen

1. Nicht mehr «Schwester Schleimfuß» genannt werden
2. Beine
3. Spazierengehen
4. Schlendern
5. Bummeln
6. Zug um die Häuser machen
7. Auch mal eine Bierdose durch die Gegend kicken
8. Andererseits, fünfmal gegen eine Bierdose treten ist schon illegaler Mülltransport
9. O. k., dann keine Beine, sondern lieber Räder

Korrekte Toilettenbeschriftungen

Damen

Herren

Behinderte

Personen mit kognitiver Behinderung

Hermaphroditen

Kognitiv behinderte Hermaphroditen

Personal

Kaiser

Warum man den Mund offen lassen kann

1. Manchmal reicht ein offener Mund schon als Antwort
2. Mit offenem Mund schweigen, Fachausdruck «beredtes Schweigen», vermittelt den Eindruck, dass man geistig folgen kann, geschlossener Mund wird oft mit verhärmtem Desinteresse und Arroganz gleichgesetzt
3. Möglich, dass ein Vogel vorbeikommt und einen füttert
4. Den Mund offen lassen ist wie lüften, verhindert Mundgeruch
5. Das Wasser im Mund wird nicht so schnell brackig

In 5 Schritten eine Amsel foppen

1. «Hey, ich heiße Anselm, also fast wie du»
2. «Stimmt gar nicht, hab dich gefoppt»
3. «Ich heiße Werner, niemand heißt fast wie du»
4. «Außer du heißt Jürgen»
5. «Aber eine Amsel namens Jürgen, das ist keine Amsel, sondern ein Molch»

Wovon Dermatologen träumen

- Haut auf der warmen Milch
- Gänsehaut untenrum
- Panzerechsen mit Pfirsichhaut
- Unter all den Pickelgesichtern in der Praxis endlich mal eine seltene Akne Jackson-Pollockensis
- Dass mehr Gurkenmasken im Karneval getragen werden
- Von den 12 Apusteln
- Die Kunst des Warzenbeschwörens zu beherrschen

13 prekäre Berufe

1. Fax-Spezialist
2. Rorschachtest-Tester
3. Luftballonversicherer
4. Luftbefeuchter
5. Sollbruchstellenwärter
6. Betriebsnudel
7. Busenwunder
8. Tamagotchi-Pfleger
9. Wurmloch-Hausmeister
10. Ich-Hupe
11. Irgendjemand (aus dem Lied «Über den Wolken» von Reinhard Mey: «In den Pfützen schwimmt Benzin / Regen durchdringt meine Jacke / Irgendjemand kocht Kaffee / In der Luftaufsichtsbaracke»)
12. Erfinder, der auf der Suche nach so was Ähnlichem wie Pfeffer und Salz ist
13. Der Typ, der den Pudding an die Wand nagelt

Was man alles
mit Brot bewerben
könnte:
1. Brot
2. Brotkorb
3. Hunger
4. Essen
5. Siegurd
Dorfbold

Was grau sein darf

- Alle Mäuse (nachts)
- Theorien (über die Haarfarbe im Alter)
- Der Piepmatz-Kollege vom grünen Star
- Grautier mit 4 Buchstaben
- Kitt in der Literatur (Grass)

Was los ist mit Schriftstellern, bei denen es grad nicht so läuft

- Der Markt ist nicht groß genug für Paolo Coelho und mich
- Ich kann nur zwischen den Zeilen schreiben
- Ich weiß immer nicht, was ich zum Schreiben anziehen soll
- Ich kann hier nicht schreiben, es ist einfach zu leise
- Schreibe gerade an einem Buch in 3-D, die Zeit ist aber noch nicht reif dafür
- Was ich schreibe, kann man nur im Kaffeesatz lesen, und ich trinke ausschließlich Tee

Was tun bei einem Wasserrohrbruch?

1. Geschirr spülen mit Hakle Feucht
2. Blumen mit Schnaps wässern
3. An die Badewanne Räder schrauben und zum Shoppen in die City juckeln
4. Den Durst einfach mal Durst sein lassen und stattdessen zur Abwechslung mal was essen
5. Ein Knäckebrot auswringen (Wasseranteil: 7 %)
6. Nach dem Buch «Kochen mit Wassermelonen» von Horst Lichter was Leckeres brutzeln
7. Eingefrorenes Abwaschwasser auftauen und wieder verwenden
8. Wasserbein von Oma anzapfen

Balltausch spectaculaire

1. Fußball mal mit Bowlingkugel spielen
2. Handball mit Kanonenkugel
3. Tischtennis mit Medizinball
4. Volleyball mit Wattebäuschchen
5. Polo mit Pferdeäpfeln
6. Tipp-Kick mit Globuli
7. Opernball mit Meisenknödel-Tenören

Staubsauger für die ältere Generation

1. Extra laute Staubsauger, damit die Benutzer hören, was sie so machen
2. Und die Nachbarn auch
3. So laut, dass man den Teppich nicht mehr schreien hört
4. Und auch nicht die Katze, die man eben aus Versehen mit aufgesaugt hat

Staubsauger, die nächste Generation

1. Sie sind so leise, dass man den Staub schreien hört
2. Sie saugen nicht nur den Teppich, sie shampoonieren, spülen und ondulieren ihn auch noch gleich
3. Sie geben Sofas und Sesseln eine entspannende Massage
4. Sie trennen, was sie aufsaugen, in organischen und synthetischen Staub
5. Sie gehen mit dem Hund Gassi und geben den Kindern Nachhilfestunden in Mathe
6. Sie sind perfekte Gastgeber
7. Sie können nicht nur Staub, sondern auch Geheimnisse für sich behalten

Warum Frauen und Männer nicht zusammenpassen

- Sie sehen sich überhaupt nicht ähnlich
- Frauen wollen immer einparken, Männer machen immer irgendwas in der Garage
- Frauen trinken Eierlikör, Männer essen Eibrot
- Männer kommen aus Belgisch Kongo, Frauen aus Brunsbüttel

Ausreden, warum man sich nicht hochschlafen möchte

1. Bin eigentlich gar nicht müde
2. Hab schon in Jugendherbergen immer lieber unten geschlafen
3. Bin nicht schwindelfrei
4. Schlafe lieber im Bett als auf einer Karriereleiter
5. Wie *hoch*schlafen? Senkrecht schlafen? Im Stehen? Ich schlafe normalerweise im Liegen
6. Museumswärter schlafen im Stehen, seh ich aus wie ein Museumswärter?
7. Und was sind Sie? Rembrandts Nachtwache?
8. Können wir nicht einfach hoch*gehen*?

Die 6 neuen Regeln für eine ordentlichere Welt (treten irgendwann mal in Kraft, und zwar dann, wenn niemand mehr damit rechnet)

1. In Supermärkten werden die Produkte endlich alphabetisch geordnet
2. Diversifikation bei Toilettenbeschriftungen nicht mehr nach

Geschlechtern, sondern nach Flüssigkeiten (Bier, Wein, harte Sachen, Tee, Schorle Morle)
3. Messer werden als Gabeln und Gabeln als Messer verwendet, Löffel dürfen nur bis zum Alter von 3 Jahren benutzt werden, Suppe wird verboten
4. Bei der Papstaudienz wie üblich den Ring des Pontifex küssen, aber nicht mehr mit Zunge
5. Jeder kann einen Vaterschaftstest fordern (von Gott)
6. Slowenien, Slawonien und die Slowakei entschuldigen sich bei der Welt für den jahrelangen Namenswirrwarr und versprechen, dass sie sich neue Namen überlegen werden

5 frostige Verdikte

Arthur Schopenhauer: Architektur ist gefrorene Musik

Klaus Lage: Das Telefon liegt da wie gefrorenes Holz

Franz Kafka: Ein Buch muss die Armbrust sein für die gefrorenen Äpfel auf unseren Köpfen

Klaus Meine: Lena Meyer-Landrut ist die Frostbeule am Arsch Hannovers

Lena Meyer-Landrut: Die Scorpions sind der Gefrierbrand an den Tiefkühlerbsen Christian Wulffs

Ungenutzte Ressourcen: wie man sich Katzenatem zunutze machen kann

1. Anstatt eine Trockenhaube zu nutzen, lässt man sich die nassen Haare von Katzen trocken hauchen
2. Ein exquisiter Cocktail gewinnt an Klasse, wenn man ihn von hauchenden Katzen leicht anwärmen lässt
3. Bei einer Alkoholkontrolle lässt man eine Katze ins Röhrchen blasen

4. Kleinere Löt- und Schweißarbeiten werden von hauchenden Katzen erledigt
5. Der Schmorbraten wird von Katzen gar gehaucht
6. Man wird von einem Rudel Katzen zu Tode gehaucht

Die 8 Tiere des kleinen Interrogativpronomenzoos von Worms

1. Werwolf
2. Wiebis
3. Wotter
4. Wente
5. Wemse
6. Wiesol
7. Wannze
8. Wasserfloh

Die 7 Mottos der Nihilisten

«Ich bin eine sich selbst strangulierende Rankpflanze»

«Ich bin eine sich selbst verglühende Herdplatte, auf der meine Tränen um ihr Leben tanzen»

«Ich bin mir selbst ein Rätsel, das sich selbst Rätsel aufgibt»

«Ich bin Daueruntermieter im Ungefähren»

«Es ist ein schmaler Grat zwischen Bratapfel und Schmorgurke – und dieser schmale Grat bin ich»

«Bin das ich im Spiegel, oder ist das nur eine periodische Knotenkonfiguration?»

«Mein Gesicht ist so unterbeschäftigt, dass mir die Füße einschlafen»

ROT
GRÜN
Bevor es Ampeln gab

Warum Gläser und Flaschen durchsichtig sind

1. Damit man sieht, was drin ist
2. Wenn man nicht sehen könnte, was drin ist, wäre man schneller betrunken (Placeboeffekt)
3. Deswegen sind Boote und Schiffe auch nicht durchsichtig
4. Sonst hätten uns die Fische doch schon längst ausgetrunken

Heartbreak Hotel – wie es dort wirklich aussieht

- Die Fliesen im Bad sind eigentlich Bierfilze, zusammengehalten von abertausend Silberfischchen
- Das Bidet verfügt über keinen Internetanschluss
- Der Wasserdruck ist so niedrig, dass man nur mit einer Nasendusche brausen kann
- Die Bibel im Nachttischchen ist in Knotenschrift
- Im Kleiderschrank liegt ein Mann, der sich selbst stranguliert hat, mit Spinnweben
- Die Heizung hat Fieber
- Die Wollmäuse sind so groß, dass sie alles unterm Bett verfinstern
- Im Wasserbett ist Gülle
- An der Rezeption sitzt ein Kaktus namens Klaus und liest Brechts «Fragen eines lesenden Arbeiters»

Spektakuläre Schaukämpfe

Boxbirne gegen Rumba-Nuss

Fliesenleger gegen Bettvorleger

Butterschmalz gegen Sardellenbutter

Holzwürmer gegen Bäume
Müdigkeit gegen Schlaflosigkeit
Gardine gegen Duschvorhang
Who-Konzert gegen Hup-Konzert

Lasagne, Hoffnung der Buchverlage

1. Gesucht wird eine Alternative zum E-Book
2. Man druckt die Romane auf Lasagneblätter und füllt die Seiten mit Ragout (Eat Books, Read 'n' Eat)
3. Bis die elektronische Lasagne kommt (ist unvermeidlich)
4. Das ist die Chance für die Renaissance des Papierbuchs

Die Gesellschaft könnte mit Morden besser leben, wenn sich der Vorgang etwas dezenter formulieren ließe

Erwürgen: Hals auswringen
Erschießen: Körper perforieren
Erstechen: nur mal anpiksen
Ertränken: helfen, Durst zu löschen
Steinigen: mit jemandem eine Mineralkur machen
Vergiften: ein Medikament großzügig dosieren
Von der Klippe stoßen: einen Freiflug springen lassen

6 Erst-dann-Regeln

1. Beim Anziehen: Erst die Hose, dann die Schuhe
2. Beim Einkauf: Erst den Amboss einpacken, dann die Eier
3. Im Kino: Erst «Stirb langsam», dann «Stirb langsam – Jetzt erst recht» sehen

4. Im Umgang mit Menschen: Zuerst die Entschuldigung, dann die Beleidigung
5. Im Bett: Erst schlafen, dann aufwachen
6. Beim Sterben: So ähnlich, nur ohne Aufwachen

Das Erstgeburtsrecht für ein Linsengericht war nicht das Erste, was Esau an Jakob abtrat, vorher gab's bereits

- Als Erster ins Bad dürfen für Borschtsch
- Länger aufbleiben dürfen für einen Fruchtzwerg
- Carrerabahn für Käsebrot
- Spinatgericht nicht essen müssen für Spinatgericht

Wie alles zusammenhängt (Kämpfen und Hosen)

1. Einem schlechten Kämpfer ist immer die Hose zu eng
2. Kämpfen ohne Hose ist wie bei offener Tür auf dem Klo sterben
3. Mit einer Hose randvoll mit Yak-Butter gewinnt man keine Schlacht
4. Wenn ein Barrakuda mit einem Ochsen ringt, gewinnt immer der Schiedsrichter
5. Aber Ringen ist nicht Kämpfen, und wo ist die Hose?
6. In der Wäsche, sie war doch voll mit Yak-Butter

5 unbekannte Tschechowdramen

- Die Möhre
- Der Kirschkuchen
- Tante Wanda

- 3000 Schwestern
- iWanow

Was demnächst durch Apps ersetzt werden wird

- Bratenspritze
- Die Räude
- Müll
- Man selbst
- Apps

Moleskine, die 9 Mythen um das Kultnotizbuch

1. Einband ist aus gegerbter Maulwurfshaut
2. Moleskines waren Mitte des 20. Jahrhunderts in der Form, wie wir sie heute kennen, regional beliebte Notizbücher im US-Bundesstaat Wisconsin, sie wurden dort Gein-Books genannt, nach dem Mörder, Grab- und Leichenschänder Ed Gein. Bei der Verhaftung Geins am 17. November 1957 fand die Polizei neben dem ausgeweideten Körper einer ermordeten Frau auch Teile verschiedener anderer Leichen (mindestens 15), darunter eine Sammlung Nasen, weiblicher Geschlechtsorgane, Masken und zahlreiche Notizbücher, gebunden in ein seltsames Leder. Für Letztere fanden sich in Geins Heimatstadt La Crosse zahlreiche Abnehmer. Was sie da in ihren Händen hielten, ahnten sie indes viele Jahre nicht
3. Moleskine ist der Name, den Bruce Chatwin in einem seiner berühmtesten Werke, *Traumpfade* (1986), nutzte. In diesem Buch erzählt Chatwin die wahre Geschichte des Namens-

gebers der Notizbücher, eines Pariser Maultiermetzgers (Mulet Boucher), der die Haut seiner Mulis an Papierwarenfabriken verkaufte, die damit Notizbücher einbanden. Nach einer EU-Verordnung von 1986, die untersagt, Mulis in jeder Form zu verarbeiten, entstand ein Engpass, und man griff aus Namensgründen auf Maulwürfe zurück. «Le vrai Muleskine n'est plus» (dt. «Das wahre Muleskine gibt es nicht mehr»), das sind die Worte, mit denen Chatwin den Schlachter in der Rue des Vieilles Peaux zitiert
4. Was man ins Moleskine schreibt, verwandelt sich automatisch in *ganz große Literatur*
5. Es ist (deshalb) qua Gesetz verboten, Einkaufslisten in ein Moleskine zu schreiben
6. Helmut Kohl liebte Moleskines und speziell die Folianten der Firma
7. Im monegassischen Fürstenhaus werden die Seiten des Notizbuchs als Klopapier verwendet
8. Moleskine hat keine offizielle Aussprache, da es sich um einen «Markennamen ohne spezifische nationale Identität» handelt, nur ganz wenige ältere Nutzer nennen es noch Gein-Book
9. Mit Popeline eingebundene Moleskines sind meistens gar keine Notizbücher, sondern Regenmäntel

Die 5 ungefährlichsten Fischmarktmafiosi

1. Sardino
2. Scholli
3. Schuppi
4. Barschel
5. Rollmops-Rainer

Das Schamhaar-Orakel

Die Flüsse, die den Städten die Spitznamen gaben

Paris – Seinemetropole

Dresden – Elbflorenz

Hamburg – Elbdresden

Athen – Nilkiew

Bamberg, das Bottrop an der Bam

Postadt Cremona

Wienmetropole Wien an der Wien

Wer war eigentlich Roy Black? 4 Weggefährten geben Auskunft

Chris Roberts: «Er hätte Karriere in Hollywood machen können, mit seiner Optik – ohne ihn gäbe es keinen Julio Iglesias»

Mary Roos: «Er hat sich nie geliebt. Er hat Proust gelesen»

Rex Gildo: «Er war mit sich selbst nicht im Klaren»

Woody Wüllenweber: «Das Leben ist übertrieben hart facettenreich, wie eine Biene, die durch die Nase sieht. Wie war noch mal die Frage?»

Die Namen der Tiere der Diktatoren

* Gurbanguly Berdymuchammedow liebt Gnus, sagt aber, er würde Tieren generell und Gnus im Speziellen keine Namen geben, denn es sei ethisch nicht in Ordnung, etwas zu benennen, was früher oder später doch im Kochtopf landet. Aber ein ganz bestimmtes Gnu sei ihm nun mal das allerliebste Gnu der Welt, weswegen er es Gurbanguly nennt. Er hat es sogar zum Protagonisten eines Kinderbuchs («Das Gnu Gurbanguly») gemacht, das jedes Kind in Turkmenistan auswendig kennen muss

* Alexander Lukaschenko hat einen kleinen weißen Hund, den er Снежинка (Schneeflöckchen) nennt («weil er so weiß ist und lustig herumtanzt wie eine Schneeflocke»)
* Harald Schmidt hält sich einen Karpfen in der Badewanne, den er Salazar nennt, nach António de Oliveira Salazar
* Hitler hatte einen Spatz namens Raubart
* Honeckers Ziege hieß Hans

Die 11 peinlichsten Anfängerfehler beim Rauchen

1. Filter anzünden
2. Nase anzünden
3. Rauchen, ohne die Zigarette angezündet zu haben
4. Rauch nicht inhalieren, sondern schlucken
5. Versuchen, Rauch auszuspucken
6. Schuhe rauchen
7. Zigarette mit der Grillzange halten, aus Angst, man könnte sich verbrennen
8. Dem Hund eine anbieten
9. Zigarette hinters Ohr klemmen – angezündet
10. Beim Schwimmen auf einen Barsch aschen
11. Trillerpfeife rauchen

Wo Luft nicht stört

Im Schwimmreifen

Im Luftballon

Im Airbag

Auf der Toilette

Im Glas, wenn man noch was trinken möchte

In der Luft

Was in der Minute des Todes passiert

1. Jemand verlangt eine Rechnung
2. Man muss noch mal dringend aufs Klo, bevor es losgeht
3. Der Film des Lebens beschränkt sich auf ein blasses Foto, auf dem man einen Onkel sieht, den man kaum kannte. Man selbst steht unscharf im Hintergrund, in einem winzigen, ungepflegten Garten, und trägt einen viel zu engen, flaschengrünen Westover sowie eine Brille mit einem zugeklebten Glas. Der letzte Gedanke beschäftigt sich mit dem Namen dieses Onkels, er fällt einem nicht ein
4. Man verlernt zwar, wie man Schuhe zubindet, aber versteht dafür endlich, warum Frauen immer kalte Füße haben

Hätte die Oscar-Verleihung diese Bedeutung, wenn die Trophäe

- Thorsten hieße?
- Aus Styropor wäre?
- Oder aus Ziegenkäse geschnitzt?
- Mit abgebrochenem Kopf?
- Anstelle des Schwertes einen Wischmopp in ihren Händen hielte?
- Und man sie wirklich nur geliehen bekäme?

Deplatzierte Baustoffe

- Steinchen im Schuh
- Sand im Getriebe
- Sand in der Vaseline
- Zement in der Hüpfburg
- Dachpfannen in der Gastronomie

- Rigips statt Spareribs
- Schwermetall im Musikantenstadl
- Waschbeton in der Waschtrommel
- Leichtbeton an den Füßen im East River versenkter Mafiosi
- Parkett in der Loge
- Stuck auf der Heizdecke
- Spachtelmasse auf der Stulle
- Stahlbeton im Meisennest

Was der Kuckuck bei der Eiablage denkt

- Hoffentlich guckt niemand
- Ich schäme mich
- Wenn sie es nicht wollen, können sie sich ja beim Eichelhäher (Polizist des Waldes) beschweren
- Eierklappen gibt's doch inzwischen schon überall
- Er wird sich schon mit seinen Geschwisterchen vertragen
- Wenn die Nestbauprüfung nur nicht so teuer wäre
- Sperber haben einfach die besseren Hochschulen für das Kind
- Huch! Ist da gerade jemand übers Nest geflogen?

Die nächsten 7 Titel Peter Handkes

1. Die Stunde, da wir nichts von der Ankunft des Schreiners wussten
2. Versuch über die Minderhirnigkeit der Wiesel
3. Mein Jahr mit der Selleriediät nach Dr. Kurt Pfläumchen
4. Die Veränderung begann an dem Tag, als aus dem Tag ein neuer Tag wurde
5. Die andersewige Abwesenheit eines wunschlosen Mündels namens Uwe

6. Unter Tränen fragend: Wo ist das Klo?
7. Die Rennbahn von Iffezheim ist zu kurz für mich und meinen wunderschönen roten Luftballon

Die Frage, die nie bei Jauch kam: Wer war Namensgeber des Bachmann-Wettbewerbs?

A. Ingrid Bergman

B. Ingo, die Bachstelze

C. Bachman Turner Overdrive

D. Johann Sebastian Bachmann

Was geschrieben besser aussieht, als es schmeckt

Labskaus

Hoppelpoppel

Ratatouille (zusätzliches Problem, wenn der Magen rechtschreibschwach ist)

Schlabberschleim

Walblubber

Lepraknödelsuppe

Essbare Badehosen

Hagebuttentee

Salat

Pansen

Käthe Dorsch

Wie man im Anti-Sägewerk bestellt

Die klassische Kausalkette (Sapir-Whorf-Hypothese)

- Sprache formt Denken
- Denken formt Fracksausen
- Fracksausen zeitigt Nonnensausen
- Im Schweigekloster wird geschwiegen
- Schweigen formt Stille
- Stille kann man nicht essen
- Aber einen Harzer Roller

Was man von Eichhörnchen nicht erwartet

- Dressurreiten
- Urkundenfälschung
- Rumänische Staatsbürger werden
- Sich einen Vollbart wachsen lassen
- Mit ihrem Alter schummeln
- Mongolistik studieren
- Eine Niere verkaufen
- Grabschändung
- Dass ihnen der Kragen platzt
- Gangbang im Schattenkobel
- Nüsse nicht aufbekommen

Wie man Enten fertigmacht

* Ihnen nicht sagen, wo ihr Bürzel ist. Sie wissen nicht, womit sie sich einfetten sollen, die Federn saugen sich voll Wasser, sie müssen ertrinken oder lernen, an Land zu leben. Dort fressen sie die Füchse

* Zum Weinen bringen: ihnen erzählen, man habe einen Knoten in den Hals eines Schwans gemacht
* Sie nicht als Ente bezeichnen, sondern z. B. als Ersatzgans, Schwimmhuhn, Wasserdackel
* Ihnen erzählen, die Fische, die sich unter ihnen tummeln, seien Voyeure, die sich über ihre winzigen Penisse lustig machen
* Ihnen vorschwärmen, in flüssigem Zement könne man viel besser schwimmen
* Ihnen einreden, ihr Quaken höre sich an wie Sächsisch, Frösche könnten das viel eleganter, bei denen klinge das wie Französisch
* Mit Vorwürfen: «Donald Duck hat's geschafft. Und du?»
* Ihnen bedauernd zu verstehen geben, dass sie nie eine anständige Foie gras zustande brächten
* Ihnen erzählen, das Wasser sei total tief

Was sich die Stadt Düsseldorf für ihr 880-Jahr-Jubiläum 2015 so alles einfallen lässt

1. Die Fortuna spielt ein Freundschaftsmatch gegen eine Auswahl von Kraftwerk
2. Der Ratinger Hof macht wieder auf, für eine Nacht, ein Alt kostet nur die Hälfte, Kölner zahlen das Doppelte
3. Joseph Beuys' legendäre Fettecke, die 1986 vom Hausmeister der Kunstakademie Düsseldorf zerstört wurde, wird rekonstruiert. Alle Düsseldorfer sind angehalten, Margarine mitzubringen und an der größten Fettecke der Welt im Düssel-Park im Stadtteil Gerresheim mitzubauen (fürs Guinness-Buch der Rekorde), Wim Wenders macht einen Sechs-Stunden-Film über die Fettecke mit dem Titel «Der Himmel über Gerresheim», da

der ursprünglich geplante Titel von Peter Handke, «Der Himmel über Palmin», den Beuyserben als zu kalauernd und nicht im Sinne des Künstlers erschien

4. Im Kom(m)ödchen wird ein Musical gegeben, das auf Dorthe Kollos Schlager «Wärst du doch in Düsseldorf geblieben» basiert, mit Marius Müller-Westernhagen in der Hauptrolle des «schönen Playboys», die ursprünglich für Campino vorgesehen war, der aber lieber zum Fortunaspiel und danach vielleicht noch «in den Hof» gehen will. Das ganze Theater ist mit Margarine ausgefettet (Restbestände der Aktion aus dem Düssel-Park)
5. Zu Ehren der Toten Hosen wird ein Besprechungsraum im Konferenzzentrum am Flughafen in Kuddel-Lounge umbenannt

Sie benehmen sich unmöglich

* Hunde. Wo sie gehen und stehen, schnuppern sie sich gegenseitig am Allerwertesten, wie peinlich
* Bäume. Stehen passiv herum, wie bestellt und nicht abgeholt, für wen halten die sich eigentlich?
* Kinder. Ihre grenzenlose Naivität immer, manche können weder stehen noch gehen, fallen dauernd hin
* Schuhe. Haben noch immer nicht gelernt, allein zu gehen, total unselbständig
* Hefeteig. Kann zwar gehen, aber hat keinen Schimmer, wohin
* Sascha Lobo. Warum geht der eigentlich nicht zum Zirkus?
* Autos. Können immerhin fahren, aber muss das sein: dieses dauernde Getutse

Die 7 neuen Globuligeschmacksrichtungen

* Hafergrütze
* Hustensaft
* Huflattich
* Hostien
* Sago
* Aspirin
* Bubble Tea

Und die 7 neuen Wunderbaumdüfte

* Rooibos
* Rucola
* Resopal
* Taxi
* Aschenbecher
* Asbest
* Frank Schirrmacher

Knigge 2.0, die neuen Benimmregeln

1. Durch ein Fliegengitter macht man keinen Heiratsantrag
2. Man macht nicht Schluss per Dosophon
3. Man schreibt keinen Abschiedsbrief in die Heckscheibe eines Apfellasters, der auf dem Weg zur Saftfabrik ist; und auch wenn Äpfel nicht schreiben können, Bäume können es
4. Zur Herzverpflanzung fährt man nicht im Bus
5. Sein Testament schreibt man nicht mit Sprühsahne
6. Das Schmiergeld lässt man nicht im Sparschwein ranzig werden

7. Mit einem Mund voll gebuttertem Popcorn hält man keine Rede an die Nation
8. Man kündigt niemandem, indem man ihn vergiftet
9. Man stellt einem Schaf keine Fragen, die es nur mit einer Lüge beantworten kann
10. Bei Tisch aufspringen, um die Käserinde bei eBay zu «verticken», ist ein No-go

Die 5 entscheidenden Schritte der Erwachsenwerdung

1. Man wird von einem Kind gesiezt
2. Man wird von einem Erwachsenen gesiezt
3. Man siezt ein Kind
4. Das eigene Kind siezt einen
5. Der eigene Opa bietet einem seinen Sitzplatz im Bus an

Jeder Platz im Flugzeug hat seinen Vorteil

Gang: Man kommt schneller zum Klo
Mitte: Zwei Armlehnen zur Auswahl
Fenster: Fenster

Einfache Hausmittel

Wenn's juckt: sich selbst verprügeln
Wenn's immer noch juckt: sich anschreien
Wenn's wieder juckt: einfach weggehen
Wenn's nicht mehr juckt: Juckpulver

Wenn man mal eine Rede vor einer bestimmten Berufsgruppe halten muss, bitte darauf achten, dass auch die weiblichen Plurale korrekt sind

* Liebe Krankenschwestern und Krankenschwesterinnen
* Sehr geehrte Frauenbeauftragte und Frauenbeauftragtinnen
* Grüezi Elterinnen, Mahlzeit Eltern
* Geschätzte Innenarchitektinnen und -innen
* Hallo Spinnen, huhu SpInnen

Ein echter Gentleman im Restaurant

1. Betritt das Lokal zuerst,
   – um zu schauen, ob die Luft rein ist
   – um Tretminen zu entschärfen
   – um zu kochen
   – um den Wein vorzukosten
2. Hilft ihr aus dem Mantel, indem er ihr zuerst seinen Mantel anzieht, um dann ihren darunter hervorzuziehen
3. Erschießt den Blumenverkäufer
4. Erschießt den Pianisten
5. Isst selbst nichts, um sich ganz auf sie zu konzentrieren
6. Isst stattdessen beim Zahlen die Rechnung auf (alle Spuren beseitigen)
7. Zieht ihren Mantel an, um ihn vorzuwärmen, erst dann hilft er ihr hinein

Wie man eine Fernsehdiskussion beendet

1. «Das lassen wir jetzt mal so stehen ...»
2. «Die Kameras sind schon lange aus»

3. «Die Diskussion hat einen Verlauf genommen, über den niemand glücklich sein kann, dem an einer sachlichen Auseinandersetzung gelegen ist, und in fünf Minuten fährt der letzte Bus in die Stadt!»
4. «Wir sind jetzt alle müde»
5. «Der Kameramann muss auch mal aufs Klo»
6. «Sperrstunde!»

Exklusive Verkehrsmittel

1. Eisscholle
2. Tektonische Platte
3. Pantoffeltierchen
4. Seepferdchen
5. Teilchenbeschleuniger
6. Camembert
7. Mattenwagen

Die 5 bekanntesten Verwandten des Bermudadreiecks

1. Die Karibikellipse
2. Das Ostseelineal
3. Die Bodenseerhombe
4. Der Worpsweder Würfel
5. Der Kreisauer Kreis

Schmalhans' Karriere

1. Hausmeister (Affenhaus im Zoo)
2. Bürgermeister (von Dingolfing)

3. Meisterdetektiv (noch nie einen Fall gelöst)
4. Weltmeister (im Kirschkernweitspucken)
5. Waldmeister (künstlicher Farbstoff)
6. Küchenmeister

Erweitertes Stein/Papier/Schere

1. Rhabarberkompott (schlägt Papier)
2. Rostfraß (schlägt Schere)
3. Gefrierbrand (schlägt Rhabarberkompott)
4. Waldohreule (schlägt gar nichts)

Häufig diskriminierte Einheiten der Wehrmacht

* Panzerdivision Paartanz
* Füsilierbataillon Purzelbaum
* Leibstandarte Rühmann
* Heeresgruppe Schaumbad
* Schutzstaffel Eiersalat
* Heeresgruppenkommando Palim Palim
* Sondereinsatzgruppe Halbschuh-Dieter

11 unübliche Vergleiche

1. Hässlich wie die Nacht bei Tag
2. Langsam wie ein Stein
3. Hungrig, wie eine Ameise durstig ist
4. Ausgebufft wie ein Säugling
5. Müde wie eine Manguste
6. Verlässlich wie ein Fliegenpilz

7. Reich wie ein Rochen
8. Faul wie ein Wurm am Haken
9. Entspannt wie der Hund in der Pfanne
10. Herbstlich wie der Herbst
11. Das Ohr ist die Zunge des Auges

Was tun, wenn die Heizung mal ausfällt?

- Stube mit dem Tauchsieder aufwärmen
- Wohnung anzünden
- Wärme durch Druck erzeugen, indem man sich mit einem Kleiderschrank zudeckt
- An der Rotweinflasche wärmen, denn guter Rotwein sollte immer chambriert sein, das heißt Zimmertemperatur haben
- Fenster aufmachen (im Sommer)

Verbrechen lohnen sich nicht, vor allem nicht diese

1. Kaugummiautomaten knacken (das Verfallsdatum der Kugeln ist längst abgelaufen, sie sind nicht nur hart wie Zement, sie schmecken auch so)
2. Ortsunkundige in die falsche Richtung schicken (z. B. statt zum Bahnhof zur Kläranlage oder andersrum)
3. Eselsohren in Telefonbücher machen
4. Direkt aus der Maggiflasche trinken
5. Ohne Klopfen ein Zimmer betreten (auch in der eigenen Wohnung)
6. Obwohl nur den neunten Platz belegt, sich trotzdem aufs Siegertreppchen drängeln
7. Pfandflaschen im Altpapiercontainer entsorgen

8. Einen Arm abschneiden, nur um sich interessant zu machen («Ein einarmiger Mann beging das Verbrechen»)

Nouvelle Butterbrot

1. Wie es Johannes Kepler (1571–1630) machte: Das Brot zu einer Kugel formen, in die Mitte einen Butterkern einarbeiten, die Erde ist schließlich auch keine Scheibe
2. Zuerst die Butter essen, dann das Brot, im Magen wird alles zusammengeführt, spart Zeit
3. Butterbrot mal mit der gebutterten Seite nach unten essen (warum sich gegen die Kräfte der Natur stemmen? Brot fällt zu 84 % auf die gebutterte Seite)
4. Kein Brot im Haus? Handteller buttern
5. Keine Butter im Haus? Kitt erfüllt den gleichen Zweck
6. Weder Butter noch Brot im Haus? Methode Sartre: Existenzialistisch aus dem Fenster schauen, Kitt aus dem Rahmen kratzen und essen, an der Fensterscheibe lecken
7. Butter in leere Margarineverpackung umfüllen, Kurzzeitgedächtnis wegkoksen, Überraschung beim nächsten Margarinebrotjieper erleben
8. Dekonstruktivistisches Butterbrot: eine Kuh, ein Holzfass, eine Schubkarre voller Roggen, eine Schale Bakterien

Die Untergeschosse

0. Erdgeschoss
−1. Garage
−2. Waschküche
−3. Müllraum
−4. Kartoffelmiete

-5. Gruft
-6. Bunker
-7. Hölle
-8. Erdkern
-9. Neuseeland
0. Erdgeschoss

Was echte Armut ist

1. So arm, dass man im Radio nur albanische Lieder hören kann
2. Sich kein Radio leisten können, sondern nur einen Käse, den man zwar nicht hören, aber an dem man riechen kann
3. Nicht mal Mäuse haben, deren Rascheln man hören könnte, um sie zum Dank mit dem Käse zu füttern, den man sich nicht leisten kann

Welches Gebrechen ist für wen eigentlich was?

Haarausfall: Cellulite der Männer
Mauser: Masern der Vögel
Milchzähne: Menopause der Kinder
Krampfadern: Ohrenhaare der Frauen
Blattläuse: Gicht der Büsche
Rosenrost: Gürtelrose der Rose
Eis: Mehltau des Wassers
Wasserrohrbruch: Inkontinenz der Häuser

1. Gut zuhören können
2. Komplimente machen
3. Blumen schenken
Frauen mögen das,
schade, dass ich
keine Frau bin

Max Brods Ausreden, warum er Kafkas Manuskripte nach dessen Tod nicht verbrannt hat

* Ich hab sie erst mal nur ein bisschen angewärmt, hab mir gedacht, das reicht schon, man muss ja nicht immer gleich alles übertreiben
* Ich hab gar nicht gefroren, wir hatten doch schon Zentralheizung
* Die Rückseiten waren ja unbeschrieben, konnte man immer noch als Schmierzettel verwenden
* Ich dachte, Kafka macht einen Witz
* Wusste nicht, dass Papier brennt
* Hab sie zuerst verlegt, und als ich sie wiederfand, hinterm Heizkörper übrigens, da ging der Rummel um Franz schon los und war auch nicht mehr zu stoppen, also warum *dann* noch abfackeln?
* Bücherverbrennungen lohnen sich nicht, das hat man dann ja auch später bei den Nazis gesehen
* Habe mich verlesen, ich dachte, Kafka meint «verbannt», habe die Manuskripte in die Stadtbücherei auf St. Helena geschickt

Adam & Eva, warum sie vom Baum der Erkenntnis kosteten

1. Hatten ihren Ausstieg schon lange geplant, weil sie sich einfach nichts mehr zu sagen hatten
2. Ihr Leben stagnierte, es fehlte an Abwechslung (Krieg, Leid, mehr Themenabende auf Arte), sie wollten neue Leute kennenlernen, Eva bildete sich ein, sie bräuchte neue Schuhe, Adam wollte mal einen draufmachen

3. Froren wie die Schneider, brauchten dringend irgendetwas zum Anziehen
4. Standen nicht mehr hundertprozentig hinter der FKK-Idee
5. Adam hätte zwar lieber in eine Nektarine gebissen, aber die war ja noch nicht erfunden. Der «Sündenfall» war letztlich auch ein Signal zum Aufbruch, sich zu neuen Ufern aufzumachen, die Welt kennenzulernen, eine Art Abnabelungsprozess
6. Dass der Apfel ein Boskoop war, also ein sogenannter Lederapfel, mit harter Schale, extrem sauer und kreidig im Abgang, erleichterte ihnen den Schritt («Es reicht»)

3 relativ schlechte Verstecke

1. Die Fliege im Spinnennetz
2. Der Atomwaffensperrvertrag unterm Nadelkissen
3. Das Universum unter der Nadelspitze eines Plattenspielers

Üble Verwechslungen

* Oh, ich dachte, Sie wären ein historisches Wahrzeichen
* Sie sehen aus wie ein umgekippter Tisch und ihr Gesicht wie ein umgekippter Teich
* Ich hätte schwören können, dass du der Rest vom Nudelauflauf bist
* 'tschuldigung, ich hab Sie mit der Klotür verwechselt
* Hab mich schon gewundert: Im Bus gibt's doch gar keine Elefanten
* Ach, Sie sind gar kein Proktologe?
* Ich wusste nicht, dass es den Weihnachtsmann wirklich gibt, tut mir leid, dass ich Ihren Bart abrasiert habe
* Verzeihung, hab Ihre Nase mit dem Garderobenhaken verwechselt

Gefangen in der Sequelhölle

La Boum – Die Fete

La Boum – Die Fete II – Die Fete geht weiter

La Boum – Die Fete III – Die Fete hört niemals auf

La Boum – Die Fete IV – Die Abrechnung

La Boum – Die Fete V – This time it's war

La Boum – Die Fete VI – Der Letzte macht das Licht aus

La Boum – Die Fete VII – Die Entscheidung

La Boum – Die Fete VIII – Die Fete – Wo die Tränen Urlaub machen

La Boum – Die Fete IX – Is' was?

La Boum – Die Fete X – Was soll sein?

La Boum – Die Fete XI – Nach Hause telefonieren

La Boum – Die Fete XII – Die Fete kehrt zurück

La Boum – Die Fete XIII – Der Nudelsalat ist alle

Die verwandtschaftliche Linie

* Martin Luther (theologischer Urheber der Reformation)
* Martin Luther King (US-amerikanischer Baptistenpastor und Bürgerrechtler)
* Martin Luther King Kong (religiöser Affe im Zoo von Wuppertal)
* Martin Luther Hong Kong (umgangssprachliche Bezeichnung für das chinesische Take-away-Restaurant, das korrekt «Hong Kong Delite Carry Out» heißt und sich in der Martin Luther King Avenue, Hausnummer 3123, Washington, D. C. befindet)
* Martin Lex Luthor Donkey Kong (Internet-Nickname von Martin N. Nebelweber, 14, wohnhaft in Eisenach, Geheimrat-Helferich-Weg 4c)

10 zähe Verfolgungsjagden

1. Mit Gipsbein
2. Auf dem Zahnfleisch kriechend
3. Hopsend mit Hüpfball
4. Durch Treibsand
5. Auf Segways durch Schlick
6. Mit Rollkoffern durch die kopfsteingepflasterte Altstadt von Dinkelsbühl
7. Auf störrischen Eseln
8. Auf Zimmerfahrrädern
9. Durch Grießbrei
10. Im Paternoster

Warum Hühner Tuben überlegen sind

1. Eier kann man in Hühner zurückdrücken, Salben in Tuben nicht
2. Eine Tube ist irgendwann ausgequetscht, aus einem Huhn kann man unbegrenzt Eier quetschen, und es wird trotzdem fröhlich weitergackern
3. Eier sind sowohl ein Teil der Seele als auch Kommentare und Bonmots der Hühner, Salbe ist nur ein Witz der Tube, und irgendwann ist der Witz nicht mehr witzig, sondern eingetrocknet
4. Hühner braucht man nicht zuzuschrauben

Die 9 gängigsten Halloweenaufforderungen

Süßes oder Saures

Pastillen oder Prügel

Kamelle oder Kloppe

Schokolinsen oder Schmerzen

Schaumrolle oder Schlagstock

Gummibärchen oder Gummiknüppel

Bonbons oder Backenfutter

Bounty oder Beinbruch

Knoppers oder ich hole meinen großen Bruder

Was den Glauben ersetzt

Weihnachtsmann: Marilyn Manson

Osterhase: Gerhard Schröder

Klapperstorch: Kreationismus

Mondlandung: Homöopathie

Yeti: Golden Retriever

Allah: Mario Barth

9 Sätze, die man im Krankenhaus nicht so oft hört

1. Lasst mich durch, ich bin Arzt
2. Lasst mich durch, ich bin kein Arzt
3. Ist ein Arzt anwesend?
4. Sie sehen furchtbar aus, sind Sie krank?
5. Ich bin nicht krank, ich tu nur so
6. Sie sehen tot aus, wollen Sie einen Bestatter sehen?
7. Sie sehen aus wie ein Arzt, sind Sie Arzt?
8. Oberarzt gibt's hier keinen. Den Oberförster können Sie sehen
9. Rollt mich in einen Teppich und schmeißt mich in den Dnjepr

Mehrere Kinnschatten

Auch wenn sie es nicht zugeben, alle Bands haben einmal so angefangen (selbst Rammstein):

Federballschläger: Gitarre

Haarbürste: Mikrophon

Tischplatte: Klavier

Eierschneider: Harfe

Möhre: Querflöte

Astloch im Baum: Tuba

Geodreieck: Triangel

Shar-Pei: Akkordeon

Gitarre: Geige

Was Veronica Ferres mit ihrer außergewöhnlichen Begabung, zu sprechen, als hätte sie Kartoffeln im Mund, noch alles machen könnte

1. Werbung für Pfanni-Kartoffelknödel
2. Zum Fasching als Pom-Bär gehen
3. Telefonwarteschleife der Röstilobby besprechen
4. In eine Badewanne voller Kartoffelbrei steigen und sich für die *Gala* fotografieren lassen (von Herb Ritts)
5. Mit Harald Glööckler im Teleshoppingkanal eine raffinierte Kartoffelsackmodelinie bewerben

Falsch grüßen

1. Beim Metalkonzert statt des Satansgrußes die Telefongeste machen (Daumen und kleinen Finger spreizen)
2. Hitlergruß bei der Arschbombe im Freibad (wenn das Jonathan Meese wüsste)

3. Sich selbst highfiven, wenn man gerade auf dem Klo war
4. Salutieren, wenn gerade ein Finger in einer Bierflasche steckt
5. Händeschütteln, wenn man gerade einen Truthahn stopft
6. Hutlüpfen, wenn unterm Hut gerade ein Zeisig brütet
7. Nasengruß, wenn man gerade noch am Bohren ist

Rudolf Schocks Bonmot «Wenn man das Leben durch ein Champagnerglas betrachtet, sieht man güldene Gestade aus Brokat» umgelegt auf andere Getränke

- Durch ein Milchglas: die weiße Hölle vom Piz Palü
- Durch ein Glas Preiselbeer-Sprite: eine Bowlingbahn, auf der Wachteleier um die Wette rollen
- Durch ein Glas Bubble Tea: Justin Bieber sitzt in einem Bidet und liest eine Gebrauchsanweisung für Gebrauchsanweisungen
- Durch ein Glas Beaujolais, der wie eine Fußtinktur schmeckt, die wie ein Beaujolais schmeckt: lasziv in Netzstrümpfen steppende Spinnen im irisierenden Zwielicht einer gewaltigen Supernova
- Durch eine Absinth-Phiole, randvoll mit Blasentee: Man sieht sich selbst als Letzten mit blutenden Ohren in einer langen Schlange von schlecht gewickelten Mumien mit Karies und Haarausfall vor der Praxis eines HNO-Arztes
- Durch ein Glas Schmelzkäse: Diplomschweinehirt Duncan «Renegade» Steinbrenner knackt Nüsse mit bloßer Willenskraft, nicht weil er Hunger hat, sondern aus purem Sadismus
- Durch ein leeres Glas Nutella: weinende Kinder mit schokoladeverschmierten Mündern, barfüßig im tauenden, dreckigen Schneematsch eines für die Jahreszeit zu warmen Februars in Minsk

Auskünfte, mit denen man sein Haus nie verkauft kriegt

1. Nach dem fünften Einbruch haben wir beschlossen, jetzt ist es mal genug
2. Ratten? Nein, für Ratten ist das hier zu feucht
3. Ja und? Da sind Risse in der Decke! Das heißt doch nur, dass das Haus noch lebt
4. Das «Hells Angels»-Vereinsheim nebenan? Das sind ganz fröhliche Leute
5. Doch, die Lebkuchenfassade ist wetterfest! Und die bucklige Mieterin mit dem komischen Hut wollte eh bald ins Altersheim umziehen
6. Für Moos- und Flechtenliebhaber ist das ein echter Hit!
7. Nein, da hat keiner rote Farbe verspritzt, das ist nur Blut
8. Es spukt, aber nur nachts
9. Seit die Nachbarn so laut sind, hört man nicht mehr viel von der Einflugschneise
10. Die Akustik ist super

Was darf Satire?

* Den eigenen Hund Beethoven nennen
* Die Zeit als einen «Idioten mit Banjo» bezeichnen
* Hitler eine Angst vor Spinnen andichten
* Hitler «Walmdach-Dieter» nennen
* Ludwig den Starken Ludwig den Schwachen nennen
* Behaupten, Carlucci würde die besten Hosen machen
* Beyoncé doof finden
* Beyoncé als «Walmdach-Hitler» bezeichnen

Man stopft

- Gänsen das Maul, wenn sie Logorrhoe haben
- Löchrige Socken mit Dämmbeton
- Den Truthahn mit Holzwolle
- Eine Pfeife, mit den Löchern alter Socken
- Das Hemd in die Hose, wenn man sich grad ins Hemd gemacht hat

Was Veganer so trinken

- Keine Bratensauce
- Was die Pflanzen freiwillig hergeben
- Kunstharzlimo mit einem Spritzer DDT
- Tau-Schorle
- Bügelwasser mit Yams-Aroma
- Faulobstbrühe

Die bekanntesten Musikmetaphern

Sitzen ist Jazz
Fläzen ist Grunge
Rumstehen in Mainz ist Musique concrète
Lümmeln ist Cindy & Bert
Wippen ist Schostakowitsch
Steppen ist Unheilig
Lehnen ist Grieg
Hinken ist Gluck
Wassertreten ist Jens Friebe

6 gute Alzheimeraspekte

1. Man vergisst, dass man etwas vergessen hat
2. Man kann sich selbst, ohne schlechtes Gewissen, Vergissmeinnicht schenken
3. Man kann die Ostereier suchen, die man selbst versteckt hat
4. Der Knoten im Taschentuch ist einfach nur ein Knoten im Taschentuch
5. Man vergisst zu sterben
6. Man, was?

Womit sich Tsunamis schlecht stoppen lassen

1. Gewehrkugeln
2. Netze
3. Mausefallen
4. Umleitungsschilder
5. Demos
6. Unterschriftenlisten
7. Knigges Benimmfibel
8. Argumente

Die neuen Eier sind da

* Stangeneier
* Hühnereigroße Straußeneier
* Straußeneigroße Wachteleier
* Hagelkorngroße vegane Eier
* Ameiseneier sind der neue Kaviar
* Fabergé-Überraschungseier
* Pyramideneier

* Eier vom Ponyhof
* Eier aus Dachbodenhaltung
* Eier von relativ glücklichen Hühnern

Was man sagt, warum man aufs Klo will

- Weil man sich für schönes Porzellan interessiert
- Man möchte seine Koprophobie überwinden
- Die Akustik ist ideal, z. B. um Alphorn zu üben
- Um Geschirr in der Badewanne einzuweichen
- Um sich im Spiegel mit einem Lächeln zu verwöhnen
- Man hat sich in der Tür geirrt, man wollte eigentlich nur kurz vors Haus, um an einem Baum sein Beinchen zu heben
- Auf dem Klo sitzt eine Meise und raucht einen Riesenjoint, man will nur mal kurz ziehen
- Man geht für jemand anderen, der grad nicht kann

Wissenswertes über Chinesen

1. Sie sind überall und nirgends
2. Fleiß wird bei ihnen groß geschrieben
3. Ohne Tee geht bei ihnen gar nichts
4. Sie lesen von oben nach unten, bauen aber ihre Häuser von unten nach oben
5. Bücher werden von hinten nach vorne gelesen, und das ist auch die Richtung, in der sie sich bewegen
6. Eine gut gekochte Wan-Tan-Suppe kann einen Chinesen glücklich machen
7. Sie sind begeistert von Reis
8. Trübsal kennen sie überhaupt nicht
9. Sind klein, aber *oho*

Die Top 9 des Applausprofis

1. Startet einen Applaus
2. Ist der Letzte, der noch klatscht
3. Ist spezialisiert auf Zwischenapplaus und -rufe («Hört, hört»)
4. Steht als Erster auf, um Standing Ovations zu beginnen
5. (Im Stadion:) Beginnt eine La Ola und ist auch der Letzte in der Welle
6. Beginnt in der Oper eine La Ola
7. Sitzt in der letzten Reihe und beginnt Standing Ovations
8. Beginnt das Stück auszubuhen, obwohl es sensationell war, aber alle fangen plötzlich auch an zu buhen
9. Kann mit einer Hand klatschen

9 Dinge, auf die man während der Fastenzeit verzichten sollte

1. Nägelbeißen
2. Toilettenbesuche
3. Atmen
4. Schnelle Autos
5. Paragliding
6. Hubba Bubba
7. Ben & Jerry's New York Super Fudge Chunk
8. Evian
9. Rolfing

4 beliebte Wassercocktails

«Dream with the fishes»: 5 cl Perrier, 2 cl Aqua dest., 1 cl Soda

«Submariner's Sprizz»: 2 cl Leitungswasser, 2 cl San Pellegrino/ Frizzante, 1 Spritzer Kühlwasser

«Flat's Flip»: 5 cl Leitungswasser/Küche, 2 cl Leitungswasser/Bad, gestoßenes Eis, Schirmchen

«Meet me at midnight»: Abwaschwasser und Sonnenbrille

Was Maurer nehmen, wenn der Zement zur Neige geht

* Sauerteig
* Pritt
* Kitt
* Klettverschlüsse
* Klebereis
* Tesa
* Spucke

Was man von Navis nur ungern hört

* Auf den nächsten 150 bis 800 Metern vielleicht links abbiegen
* Hey, da vorne ist voll der coole Klamottenladen
* Sind wir bald da?
* Hm, hier kenn ich mich gar nicht so aus, vielleicht fragen Sie mal den Typen da vorne
* Ich sag's gleich: Ich hab eine Rechts-links-Schwäche
* Auweia, ein Kreisverkehr, ich weiß immer nicht, hat der im Kreis Vorrang oder der, der rechts reinkommt?
* Lindenstraße, Lindenstraße! Wissen Sie, wie viele Lindenstraßen es in Deutschland gibt?
* Sie fahren wie der letzte Henker
* Bitte anschnallen und das Rauchen einstellen, wir nähern uns dem Fahrziel
* Haben Sie etwa die ganze Zeit geraucht, Freundchen?

* Sind wir schon da?
* Ich muss mal
* Sorry, war kurz eingenickt

Die Beatles hätten wohl anders geheißen, wenn ihre Mitglieder diese Herrschaften gewesen wären

1. Mr. T, Mister Ed, Mr. Mister, Dr. Seltsam
2. Woody Allen, Woody Harrelson, Woody Guthrie, Woody Woodpecker
3. Die Glimmer Twins und die Kessler-Zwillinge
4. John F. Kennedy, Paul Celan, George Orwell, Ringo Starr
5. Jan Füchtjohann, Cord Riechelmann, Günther Nonnenmacher, Dirk Knipphals
6. Agnetha Fältskog, Anni-Frid Lyngstad, Björn Ulvaeus, Benny Andersson
7. Alwin Schockemöhle, sein Pferd, 27 Angestellte seiner Baustahlmattenfabrik, eine Vase

Die Top 8 der Klo-Top-Ten-Songs

1. Sitting, Waiting, Wishing – Jack Johnson
2. She Came In Through The Bathroom Window – Beatles
3. That Smell – Lynyrd Skynyrd
4. Under Pressure – David Bowie/Queen
5. Don't Stand So Close To Me – The Police
6. Yellow River – Christie
7. Brown Sugar – Rolling Stones
8. You're My Waterloo – The Libertines

Drücken
Drücken
Drücken
Drücken
ziehen?
Ich hab ja gesagt, wir brauchen Alternativen
Drücken
Drücken

Die unbekannten Kuhmägen. Neben Pansen, Netzmagen, Blättermagen und Labmagen gibt's noch:

- Wollmagen (spaltet textiles Mitfutter auf, Baumwolle beispielsweise)
- Mineralmagen (trennt kleine Steinchen, sie werden zu Staub zertrümmert, mineralische Futterergänzung)
- Fladenmagen (hier werden die Kuhfladen vorgeformt, zum Darm weitergereicht und nach einer genauen Qualitätskontrolle anschließend ausgeschieden)
- Zwei Flaschenmägen (hier wird Buntglas von Weißglas getrennt)
- Magenmagen (ein kleiner Magen im Pansen, dem er zuarbeitet, Dinge werden vorsortiert, kleinere magenentlastende Tätigkeiten werden übernommen, bei der Steuer helfen und dergleichen)
- Discomagen (alle Angestellten der Kuh treffen sich nach Einbruch der Dunkelheit hier, um sich zu entspannen)

Die sieben Plurale von Rhabarber

1. Rhabarbere
2. Rhabarben
3. Rhabarberen
4. Rhabarberi
5. Rhabarbae
6. Rhabarberas
7. Rhabarberanten

Die 7 erfolgreichsten Hitler-Titel des SPIEGEL

1. Kochen mit dem Führer. Von seiner Eisbein-Intoleranz zur Blitzkriegdiät mit Nudelkonzentrat (Heft 9/61)
2. Immer so durchgemogelt. Was wollte der wahnsinnige Diktator wirklich? (12/78)
3. Hitler – Beim DNA-Test durchgefallen? (34/08)
4. «You ain't no friend of mine». Elf Jahre nach dem Zusammenbruch – Die Abrechnung des Kings mit dem Führer (22/56, Titel bezog sich auf Presleys Song «Hound Dog», daraus die an Hitler adressierte Liedzeile: «You ain't-a nuthin' but a hound dog, Cuh-crying all the time, You ain't nuthin' but a hound dog, Cryin' all the time, Well, you ain't never caught a rabbit, And you ain't no friend of mine»)
5. Burnout-Falle und Bunkerblues: Fluch der Führerpersönlichkeit (50/82)
6. Sülze macht Asbest stumpf. Adolf Hitlers irrste Thesen (27/99)
7. Hitlers Taschentuch (12/85)

Gedanken am Flughafen-Gepäckförderband

- Ich lasse es einfach noch mal durchlaufen
- Igitt, der Koffer sieht aus, als sei er voller dreckiger Unterhosen
- Wenn ich jetzt einfach *irgendeinen* Koffer nehme, wer nimmt dann wohl meinen? Vielleicht sind wir sogar bei der Geburt getrennt worden?
- Ich könnte ein vollkommen neues Leben beginnen, wenn ich jetzt einfach den chicen Louis-Vuitton-Trolley nehme
- Oder lieber den Jack-Wolfskin-Rucksack?
- Andererseits, wenn da lauter dreckiger Unterhosen drin sind?
- Oh, ich glaube, mein Koffer hat mich schon gesehen

Die 6 unbekannten Mitglieder

* Der fünfte Fourtop (Robbie Musenbichler)
* Der achte Beatle (Lennons Tante Mimi)
* Die vierte Dame vom Grill (so wurde intern Günter Pfitzmann genannt, wegen seiner Neigung, heimlich Damenunterwäsche zu essen)
* Das vierte Fragezeichen (ist eigentlich ein Gedankenstrich)
* Das elfte Gebot (Du sollst nicht mit dem Tatzelwurm tändeln)
* Die fünfte Jahreszeit (Man sitzt im Bikini und einem Übergangsmantel unter einem Heizpilz und trinkt eisgekühlten Glühwein, während der Straßenmusiker auf der Blockflöte Antonio Vivaldis «Wann wird's mal wieder richtig Sommer?» spielt, in Fis-Dur)

4 Fluggesellschaften und woher sie ihre Namen haben

Lufthansa: Die Gründer wollten eine typisch deutsche Kulturleistung im Namen haben, «Wetten, dass» und Knorkator standen am Ende in der engeren Wahl (Wetten-dass-Air, Knorkaviator), aber man einigte sich schließlich als Kompromiss auf das gefälligere Bilderbuch *Struwwelpeter* von Heinrich Hoffmann. Das darin zu findende unbeschwerte Märchen «Hans Guck-in-die-Luft» sollte die Unternehmensphilosophie widerspiegeln

Ryanair: Namensgeber ist ein irischer Fliesenleger namens Ryan, der die Ehre, einer Fluglinie den Namen zu geben, bei einem Preisausschreiben gewann. Zusätzlich durfte er alle Toiletten der Flotte verkacheln. Ryan kam mit dem Ruhm nicht zurecht, er begann, Cocktails aus Fliesenkleber und Fanta zu trinken, und starb verarmt am 9. Februar 1997 an Nierenversagen

German Wings: Geht auf ein «geflügeltes Wort» zurück, eine Schmähung, die Winston Churchill in der letzten Phase des Zweiten Weltkriegs ausgestoßen haben soll. «Rather us grow fins, as the Germans that grow wings» (Eher wachsen uns Flossen, als dass den Deutschen Flügel wachsen). Gemeint war damit, dass die Briten als Seestreitmacht der deutschen Luftwaffe überlegen waren. Der Name der kurz nach dem Krieg gegründeten Linie ist als ironische Antwort auf den Satz Churchills zu deuten und zugleich eine Geste der Aussöhnung, denn man flog als erste Destination das Vereinigte Königreich an

Aeroflot: Ursprünglich stellte die Firma Aeroflot eine Passiermühle her, umgangssprachlich flotte Lotte genannt, ein handbetriebenes Küchengerät, das zum Passieren von Früchten, Gemüse oder anderen Lebensmitteln dient, etwa Apfelmus, Saucen, Gemüsepüree, Babynahrung oder Fruchtpulp. Das Gerät wurde immer aufwendiger, bekam immer mehr Zusatzfunktionen, bis am Ende ein Flugzeug herauskam, dessen Funktionsweise im Grunde immer noch auf dem Prinzip der Passiermühle beruht. Geblieben ist von der flotten Lotte, dass bei Aeroflot statt Kerosin immer noch Apfelmus in den Tank kommt, außerdem die Bezeichnung *Flotte* für vollständige Maschinenparks, egal welcher Linie

Die höflichen Rebellen

- Klowände werden mit ganz weichem Bleistift oder Zaubertinte beschrieben
- Statt Scheiben einzuschmeißen, hauchen sie sie an
- Ihre Molotowcocktails haben einen Spritzer Grenadine und sind alkoholfrei
- Sie flüstern «buh»

- Ihre Faust ist immer geballt, aber nicht in der Hosentasche, sondern in Gedanken
- Sie sind gegen alles, können sich aber nicht entscheiden, was zuerst drankommt
- Vor der Demo versuchen sie erst einmal herauszufinden, wo das Vorstellungsgespräch stattfindet, ob es eine Anmeldegebühr und eine Teilnehmerzahlbeschränkung gibt

Krankheiten, bei denen der Tierarzt auch nicht mehr weiterweiß

Elefant: Alzheimer
Fisch: Narkolepsie (schläft am Angelhaken ein)
Maulwurf: Klaustrophobie
Koalabär: ADHS (Hyperaktivitätsstörung)
Floh: Restless-Leg-Syndrom
Fliege: Koprophobie
Specht: Rindenwahn
Großer Hund: Angst vor kleinem Hund
Kleiner Hund: Angst vor mittlerem Hund
Mittlerer Hund: Angst vor Enten
Wiedehopf: weint bei «Brokeback Mountain»

Trendgestrüpp Ginster

1. Nachhaltiger Ginster
2. Plüschginster zum Aufblasen
3. Unbrennbarer Unterwasserginster (ist auf eine Wasserdichtigkeit bis 20 bar geprüft)
4. Garnier Fructis Silk Finish Repair & Shine mit Ginsterextrakten
5. Die Ginsterrevolution (2015 in Kirgisien)

6. Brühnudeln mit Mischginster (Ferran Adrià)
7. «Backblech voller Ginsterplätzchen, später», Judith Hermann
8. Ginster-App (hat man in Kirgisien)
9. Die pestizidtrunkenen Ginstergirls von Bischkek (fresh!)
10. Bionade «Wildginster – Aloe vera – Boskoop»

Wenn Menschen auf Bäumen wachsen würden

* Wären Bienen ihre Hunde
* Und Stachelbeeren innerhalb der biologischen Systematik die höchstentwickelten Lebewesen auf der Erde
* Würde die Bibel nicht Bibel heißen, sondern Zwiebel
* Wäre Jesus eine Litschi mit Rhabarbergeschmack
* Würden alle Katzen «Wuppdich» heißen und auf Hochrädern zur Arbeit fahren
* Wäre Debussys «Nachmittag eines Fauns» von Goofy
* Wären Elefanten wieder Mücken
* Und die Mücken hätten die Zwiebel geschrieben
* Mit Senf statt mit Blut

Vorteile des Nuschelns

- Eine Sprache, die überall verstanden wird – wenn auch nicht inhaltlich, so doch immerhin akustisch
- Akzente, Stottern, Lallen und andere Sprachfehler fallen nicht auf
- Man kann bei verfänglichen Aussagen oder bei einem genuschelten Meineid vor Gericht weniger leicht belastet werden («Das hab ich doch so gar nicht gesagt»)
- Es ist möglich, sogenannte subliminale Botschaften in der Rede

unterzubringen, Werbungen, die die Zuhörer im ersten Moment gar nicht mitbekommen
- Man kann auch bei formalen Empfängen mit vollem Mund reden, merkt niemand
- Vernuscheltes Tourette klingt wie eine Liebeserklärung
- Man kann sich mit Franzosen unterhalten

Ausreden fürs Weinen

1. Etwas ist ins Auge geflogen (z. B. ein Insekt, das traurig ist)
2. Solidarität mit der Trauerweide da drüben
3. Tränenreservoir war schon randvoll, musste ja irgendwann mal überschwappen, ist ganz normal
4. Sind nicht meine Tränen, ich weine für jemanden, der sich für seine Gefühle schämt
5. Brauchte eine Träne fürs Knopfloch
6. Das Auge schwitzt nur
7. Aus welcher Öffnung soll's denn sonst rauskommen?
8. Hab grad mal meine Augen gewaschen, aber im Klo gab's kein Handtuch
9. Argentinien hat das von mir verlangt
10. Bitte weitergehen, hier gibt's nichts zu sehen, ist nur ein stinknormales Tränenwunder

Wissenswertes übers Gurgeln

* Gastritis kann man nicht so einfach weggurgeln
* Mit Gulasch gurgelt man nicht, man isst es einfach
* Vor dem WM-Endspiel die Nationalhymne gurgeln: Bitte nicht
* Die «Götterdämmerung» gegurgelt: Wagner würde sich im Grabe umdrehen

Keine Frau
Kein Anlass
Kein Mitleid
Keine Vase
Nur meine
Faust

* Vitas Gerulaitis (litauisch-amerikanischer Tennisspieler, 1954–1994) würde vermutlich noch leben, wenn er am 17. September 1994, statt Kohlenmonoxid einzuatmen, damit gegurgelt hätte oder einfach nur versucht hätte, seine Gastritis mit Gulasch wegzugurgeln

Top 10 der türkischen Sprichwörter

10. Bis man über die Brücke ist, muss man zum Bären Onkel sagen
    (Köprüyü geçene kadar ayıya dayı derler)
9. Der Bär hat vierzig Lieder. Alle handeln von der Holzbirne
    (Ayının kırk türküsü var, kırkı da ahlat üstüne)
8. Spiel im Sand, damit dich kein Hälmchen sticht
    (Kumda oyna da kıçına çöp batmasın)
7. Von bloßem Gerede fährt kein Käseschiff
    (Lafla peynir gemisi yürümez)
6. Wer auf satten Magen isst, schaufelt sich sein Grab mit den Zähnen
    (Tok iken yemek yiyen, mezarını dişiyle kazar)
5. Er hat kein Ayran zu trinken, aber zum Scheißen reitet er hoch zu Ross
    (Ayranı yok içmeye tahtırevanla gider sıçmaya)
4. Was versteht der Esel von der Kaltschale?
    (Eşek hoşaftan ne anlar)
3. Hast du Teer zu verkaufen, kommen sogar von Saloniki die Kahlköpfigen
    (Satılık ziftin olsun, selanik'ten kel gelir)
2. Wer langsam spuckt, schadet seinem Bart
    (Yavaş tükürüğün sakala zararı var)
1. Wenn meine Tante Hoden hätte, wäre sie mein Onkel
    (Teyzemin taşağı olsa dayım olurdu)

Kleine Krustenkunde

- Die Kruste der Erde ist Dreck
- Die Kruste der Gurke ist die Schale
- Die Kruste des Bieres ist die Dose
- Die Kruste der Fische ist das Wasser
- Die Kruste der Krustentiere ist eine Kruste, wie sie sein soll
- Die Kruste des Krustenbrots ist dagegen nur eine schwache Imitation

Fluchten und ihre Folgen

Fahnenflucht: Todesstrafe

Fahrerflucht: 7 Punkte in Flensburg

Nestflucht: Freiheit. Aber die Freiheit des Finken endet immer dort, wo die Freiheit des anderen Finken beginnt

Zimmerflucht: zieht wie Hechtsuppe

Flucht nach vorn: Vorn ist auch nicht viel mehr los

Die 12 Kolleginnen der Tages- und Nachtcremes

1/2. Hand- und Fußcreme

3/4. Butter- und Brotcreme

5/6. Schuh- und Sockencreme

7/8. Sonnen- und Schattencreme

9/10. Backen- und Schneidezahncreme

11/12. Haut- und Knochencreme

Die Menschheit hätte mehr von ihnen, wenn sie sich wie der letzte Teil ihres Namens verhielten

1. Til Schweiger
2. Sportfreunde Stiller
3. Knut Kiesewetter (Spitzname für käufliche Wetterpropheten, abgeleitet von «Kiese Wetter!», also: «Such dir das Wetter aus!»)

Das perfekte Wellnessprogramm

Seele: Schlammpackung in Bad Zwischenahn

Dickdarm zum Klempner

Belegte Ohren ins Kreuzverhör

Haarspliss in die Psychoanalyse

Bindegewebsschwäche in die Familienaufstellung

Käsemauken: Fußreflexzonenmassage

Schnappatmung: Schnorchelurlaub

Schluckauf: Higgs-Teilchen-Diät

Argumente für genmanipulierte Landwirtschaft

1. Große Popcornbecher im Kino waren gestern, jetzt reicht ein einziges melonengroßes Popcorn
2. Essbare Wachsäpfel
3. Apfelshampoo-Smoothie
4. Kartoffeln ohne Augen, man fühlt sich nicht mehr beobachtet
5. Hühner mit Eutern
6. Euter mit 15 Zitzen
7. Aus denen Champagner kommt
8. Schwarzwurzeln werden wieder teurer als Spargel

Als der Gitarrist der norwegischen Black-Metal-Band Mayhem, Øystein Aarseth alias Euronymous, den damaligen Mayhem-Sänger Dead (Per Yngve Ohlin) im April 1991 erschossen auffand, machte er Fotos des Leichnams, die er für ein späteres Plattencover verwenden wollte. 10 Dinge, die Euronymous mehr aus der Fassung gebracht hätten als Per Yngve Ohlins gewaltsamer Tod

1. Per Yngve Ohlin schält gerade einen Apfel
2. Er reinigt seine Zähne mit Zahnseide
3. Er verspachtelt Unebenheiten in der Wand mit Moltofill
4. Er hängt die Klorolle «falsch» auf (also Papierende zur Wandseite)
5. Er löst ein Sudoku und schummelt dabei (schaut immer hinten in der Zeitung bei den Lösungen nach)
6. Er reinigt das Flusensieb der Waschmaschine und findet eine Øre
7. Er knackt Paranüsse mit den Zähnen
8. Er hört die Märchenplatte «König Drosselbart» und macht sich Notizen
9. Er flicht einen Bastuntersetzer
10. Er liest etwas von Daniel Kehlmann

Eher uninteressante Wolkenformationen

- Wattebäuschchen
- Wolkenartige Wolken
- Keine Schäfchen
- Aufbackbrötchen
- Windbeutel
- Wollmaus

Das leere Ohr. 4 komplett falsch verstandene Liedtexte (Soramimi, jap. 空耳, wörtlich: «leeres Ohr»)

1. «Trockeneis zur Brotzeit, Tarantella im Treppenhaus» (gemeint ist: «Himbeereis zum Frühstück, Rock 'n' Roll im Fahrstuhl», Hoffmann & Hoffmann)
2. «Ich bin verklebt mit Marmelade, aber sie geht okay, hey, wieder ab» (das Original ist aber «Ich bin verliebt in die Liebe, sie ist okay, hey, für mich» von Chris Roberts)
3. «Václav got to do with it?» (Riesenhit in Tschechien, die heimliche Hymne unter Präsident Havel, basiert allerdings auf einem simplen Verhörer des Tina-Turner-Welthits «What's love got to do with it?»)
4. «Kelp!» («Help!», The Beatles. Im Lied geht es um jemanden, der dringend professionelle Hilfe benötigt, und nicht um Kelp, also Braunalgen, die im klaren, flachen Meer Tangwälder bilden)

Das beredte Gesicht

Augen – Spiegel der Seele
Zähne – Visitenkarte des Gesichts
Zunge – Fax des Unterbewusstseins
Ohren – Henkel des Charakters
Nase – Schanze der Wünsche
Kinn – Pflug des Willens
Überbiss – Schleuse der Unvernunft
Stirn – Unbeschriebenes Blatt der Ratlosigkeit
Wimpern – Schnittlauch am Tümpel der Tränen

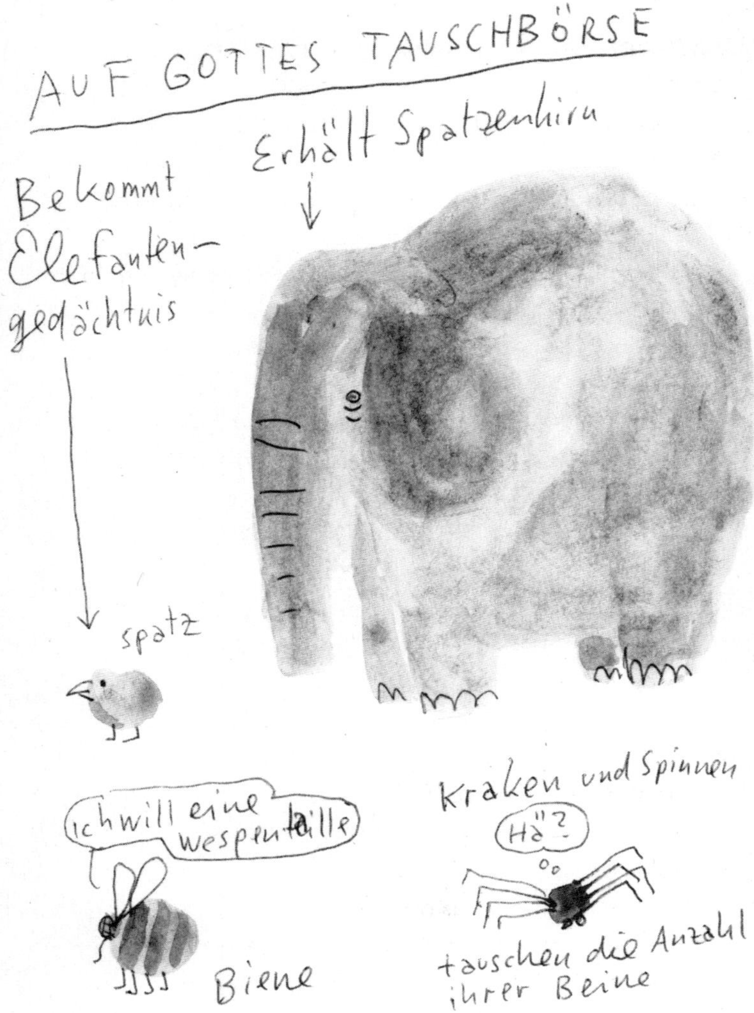
AUF GOTTES TAUSCHBÖRSE
Erhält Spatzenhirn
Bekommt Elefanten-
gedächtnis
spatz
ich will eine wespentaille
Biene
Kraken und Spinnen
Hä?
tauschen die Anzahl
ihrer Beine

Die 9 neuen Verwirrungen des Zöglings Törleß

1. Er träumt davon, allein auf einer Party zu sein, auf der das Klo immer frei ist
2. Er ist so einsam, dass er in die Hosen macht, um jemand anderem die Schuld dafür zu geben
3. Er malt seine Schuhe in der Farbe des Fußbodens an, um nicht sehen zu müssen, dass er geht
4. Er schläft sehr wenig, weil er befürchtet, im Schlaf auszulaufen
5. Er gurgelt Kleister, um seine Speiseröhre zu tapezieren (das wenige, was er zu sich nimmt, soll es ein bisschen nett haben)
6. Er verlässt ungern das Haus, weil er die Möbel nicht alleinlassen kann
7. Er spricht mit Geräuschen
8. Er füttert Bäume
9. Sein Motto: «Wer Schmetterlinge lachen hört, der weiß, wie Wolken schmecken»

Die neue bayrische Küche

* Weißwurst nach 12 Uhr mittags
* Mit Ketchup
* Und Knäckebrot (Wasa Mjölk)
* Dazu einen 1947er Château Margaux, Premier Grand Cru Classé
* Eiskalt serviert
* Gespritzt mit Punica («Mission: Erfrischen»)
* Als Dessert: 1 Yogurette

Frühstücksradio für Morgenmuffel

1. Moderatoren haben verwechselbare Namen, die eher wie Gegenstände klingen, weshalb sie auch immer mit Artikel genannt werden (der Manfred, der Hartmut, die Claudia)
2. Sie erzählen mit kaum hörbarer Stimme langatmige Genrewitze (Kommt ein Mann zum Arzt/Bäcker ...) mit schwacher oder gänzlich fehlender Pointe, weil sie sie im Laufe des Erzählens einfach vergessen haben. Für einen Witz sind sie allerdings einmal fast für den Grimmepreis nominiert worden (Zwei Hunde gehen durch die Wüste, sagt der eine Hund: «Wenn nicht bald ein Baum kommt, mach ich in die Hose»)
3. Spielen häufig 4'33" von John Cage, nicht selten mehrmals hintereinander, weil ihnen nicht einfällt, was sie sonst noch spielen könnten
4. Nur schlechte oder langweilige Nachrichten, Amokläufe mit geringem Blutzoll, Krisen, aber weder Banken- noch Staatskrisen, sondern Ehekrisen unbekannter Monarchien (Fürstentum Seborga), Dürren (ebendort), im Zoo hat sich ein Kamel ein Bein verstaucht, verschüttete Kumpel, bei denen sich später herausstellt, dass sie gar nicht unter Tage waren, sondern sich gerade im Bummelstreik befinden, kryptische Wettervorhersagen («Das morgige Wetter ist abgesagt, wegen Regens»), Beinahe-Tsunamis im Feuerwehrlöschteich, Hagelschlag nur bis zur Größe von Hagebutten, Murenabgänge in Nordkorea
5. Verkehrsnachrichten nur bei zähflüssigem Verkehrsaufkommen oder verirrten Tieren auf der Autobahn (umgekippter Truthahntransport, 260 Tiere laufen kopflos auf der A 44 zwischen Kamener Kreuz und dem Autobahnkreuz Dortmund/Unna herum und bringen den Verkehr teilweise zum Erliegen)
6. Wasserstandsmeldungen auf Latein

7. Sender kann man nur über Langwelle hören, über Flurfunk (in der Psychiatrie) und in der Schweiz über Telefonrundspruch

Die dysfunktionale Familie

- Mutter stillt sich selbst
- Vater lebt noch im Paläolithikum
- Tochter ist ein Fleck an der Wand
- Sohn leiht sich vom Vater einen kalten Bauern (für den Vaterschaftstest)

8 Vorschläge, die in die engere Wahl kamen, wie man das Nachfolgeprodukt der Glühbirnen nennen könnte

1. Energiespaßlampen
2. Energiespaßlappen
3. Energiesparschlampen
4. Energiesparspasten
5. Energiesparlumpen
6. Energiesparwampen
7. Energiesparpappe
8. Energiesparrhabarber

Wie Chris de Burgh singt

1. Wie ein gequetschter Affe, der vor Schmerz «O sole mio» jault
2. Wie ein gesalzener Axolotl
3. Wie einer der Jünglinge im Feuerofen von Karlheinz Stockhausen
4. Wie eine gejodelte Onanier-To-do-Liste

5. Wie die Geräusche, die entstehen, wenn Blixa Bargeld und Monserrat Caballé einander beiwohnen (in einem Dudelsack)
6. Wie ein Lygozor (bekannt aus dem Beatleslied «Ob-la-di, ob-la-da, lygozor, brah!»)
7. Wie sein Nachname ausgesprochen wird
8. Wenn man einem Känguru operativ ein Bein entfernt und dort, wo das Bein an den Körper angewachsen war, stattdessen einen dieser ferngesteuerten Presslufthämmer montiert, dessen Steuerung man wiederum an einen Zufallsgenerator angeschlossen hat, selbst dann kann der Känguru-Cyborg immer noch nicht mehr hinken als jeder Vergleich, wie Chris de Burgh singt

Letzte Liste vor der Ausfahrt

Achselhaarzucken
A Horst with no name
Alberto im Eimer
Alte kleine Aluminiumsau
Arschmakrelenkommunismus
Atomzyniker
Backzwang
Bartdemokratie
Bierfaschismus
Bist du auch auf FB?
Blitzliker Honzelmann
Brühwarmes Weißbier
Brummdrossel
Chinabirnen
Cortisonschleuder
Darmzottendauerrolligkeit
Deppenmagneten
Der paradoxe Geröllhang
Dicker als 2 cm
Die arme Ente
Die Döbattö hat begonnön
Die Lada-Nummer
Doc Ogen Clon
Drahteselkapitäne
Dr. Berhardi, der Stallhase
Du bist hohl wie eine Brosche
Du stinkst wie Knoppers
Eggnogg
Eichecker
Eierkuchenfantasie

Eileiterexorzismus
Ein Gipsklotz geht noch
Ekzem-Müller
Erlebnisgehupe
Falscher Freund
Fantanasse Mädchenzungen
Försterliesl
Fressgrimasse
Fünftausend Schkat Kachten
Fußpilzomelette
Gaspar Schulzi, Gaststättendirektor
Geierbär im Gummiwald
Gesprächsflasche
Geworfenheit
Go play in the Kühlbecken
Grinsevermüllung
Güllesorbet
Günter Lauser, dein Onkel aus Montreux
Halbdebile Diesellokschlosser
Halterlose Sockenpuppen
Harter Schanker
Hasensaft
Haus etwas anheben, dann mit der Seilbahn rein
Holzhosen
Homoperverse Urinduscher
Hosenknopfkontrolle vor der Bluesmesse
Ich-Pinzetten
Im Auto hupen
Imbezile Gesichtswiesel
Ingeborg, die Hasenente
Insel der Primzahlreptilien

Johann Wolfgang von Bangen
Jürgen «Die Kralle» Pauseback
Knallgaszellen
Knallvater Palaver
Kledeähnlichkeit
Klopsaugen
Kommasetzungskolibris
Köttelfrau und Waffelmann
Kotzen-Nutzen-Analyse
Kuli auf Banane
Lächelhölle
Leseverschlackung
Liebe ist mein Beruf
Linksgeficktes Arschgeigenmanagement mit Milbengarantie
Listenpisser
Liturgischer Spargel
Lochschwager
Lustgrotte des Grauens
Marienkäfer in Dänemark
Mit der Bubka-Taktik zum Wackelpudding
Mitten ins Gesäuse
Molchfotzensalat
Monumentalteilchen
Mösenbart
Nackter Uhu
Napfkuchenkult
Narrengemüse
Nasse Goethehandtücher
Oktoblerfest
Opasutra
Partykäse 3000

Pfahlschwestern
Pfarrer Eppelmann
Plaquezwang
Plünderbäume
Polin mit Hut
Postwegbringschwäche
Pupsgewitter
Quack Mendl
Quiz für Stalker
Rack 'n' Röll över ze wörld
Raubbauingenieur Potuznik
Red-Bull-Suppe
Riesenspaß für alle
Risipisi mit Schnapisi
Rollmöpse scrollen
Rückenaugen
Rumbalotte
Saftkugler
Sagrotanjugend
Sarghass
Scheidenkummer
Schilfpathos
Schlabberlook de luxe
Schnurfüßler
Schweinefleischgrippe
Schwein mit Brille
Schwurbelalarm
Selbstsüßfindungsgründe
Spargelkotze
Spechtangst
Spontane Selbstentzündung

Stalker beraten Stalker
Starrendes Bedeutungsgeflecht
Stickstoffstaatsminister Streifchen
Tarzan, bist du Thorsten?
Tauwetter bringt als Erstes Giftpilze hervor
Tiefgang bis Oberkante Unterlippe
Tortenbrie
Träume von Salatzangen in Knopflöchern
Triebverzicht
Tubenzucker
Tümpelritter
Unkenlecken mit Bobbie und Wladimir
Urinsteinzeit
400 Betten
Vier von vier Makipunkten
Vollspektrum Leuchtmittel
Wasserlinsenzünsler
Wachteleierkoalition
Weberknechte im Teewasser
Wespenkiefer
Wikipediküre
Wirsingborgs Mondfahrt
Wo ist meine Kuh?
Wollrasierer
Wszychtkich (warum?)
Zongo
Zurechtficken
Zweifelkekse aus Taschenhagen
Zyperndebakel

3 Abschiede

Es war der Tunnel der Liebe, aber dann wurde es das Ofenrohr der Langeweile, ich geh zurück zu Mutter
wo willst du denn hin?
Jetzt ist der Tisch meine Hose

Dankesliste

- Maik Novotny, Geheimlektor
- Jörg Metes, Comeise
- Die höflichen Bewohner Pappenheims, Ausfahrtliste

MIX
Papier aus verantwortungsvollen Quellen
FSC® C083411

Das für dieses Buch verwendete FSC®-zertifizierte Papier
Holmen Book Cream liefert Holmen, Schweden.